炎の男

田中英壽の相撲道

佐藤三武朗

GENTOSHA
幻冬舎

炎の男

田中英壽の相撲道

目次

第九話　忘れられぬ教え子たち　

はじめに

歓びは、浜辺に寄せる細波《さざなみ》のようであった。月影は波間を染めながら、青春時代の淡い思い出を手招きして、瞼《まぶた》に夢を映した。

小さな燈《あか》りでもいい、夜空の星のように、この世を照らしてみたい。

昇る朝日のよう、この世に生を享《う》けたからには、愚直と言われてもいい、自分に正直に、夢を枕にして、我が身を燃焼させたい。

人生は花園。両親《おや》に貰った、この命。故郷で育まれた、この魂。一度は花と咲かせてみたい。

日本大学理事長・田中英壽《たなかひでとし》は、じっと目を閉じていた。

第一話　日本大学創立１３０周年祝賀会

記念式典

「本日は、おめでとう御座います」

「ありがとう。皆さんのお陰です」

「素晴らしい歴史と伝統は、校友の誇りです」

「皆さんのお力を頂いて、今日は新たな歩みの日です」

校友会や教職員の出迎えを受け、田中英壽理事長は、満面に笑みを浮かべながら役員控室へ向かった。

日本大学創立１３０周年記念式典が開催された。

令和元年（２０１９）10月４日午前11時、東京帝国ホテルの「富士の間」を会場として、記念式典には国の内外から820名が出席し、午後0時30分からの祝賀会は「孔雀の間」で1500名の来賓が招待されて、厳《おごそ》かに執り行われた。

来賓として、副総理兼財務大臣・金融担当大臣の麻生太郎氏、日本私立大学連盟会長・慶應義塾長の長谷山彰氏、海外学術提携校・ニューカッスル大学学長のアレックス・ゼリンスキー氏、日本大学校友代表・衆議院議員の林幹雄氏（第21代経済産業大臣）らが紹介された。

司会者は、国歌斉唱に続き、学校法人日本大学代表として田中英壽理事長の名前を読み上げた。

英壽は、立ち上がり、国旗と来賓に一礼すると、演壇に向かった。

式辞が読み上げられた。

英壽は、創立130周年を迎えた日本大学が、それまでに築いてきた歴史と伝統を継承し、社会的役割を果たしつつ、永続的な発展を遂げるための基盤づくりを述べた。

加藤直人教授（現学長）が日本大学創立時の背景と歴史を次のように説明した。

明治22年（1889）に、日本大学の前身である「日本法律学校」は、時の司法大臣である山田顕義《あきよし》と11名の若手学者によって創立された。

当時、我が国における法律専門学校は、欧米の法律を学ぶことが主流であった。明治4年に、遣欧使節団の一員として欧米を視察した山田顕義は、欧米の先進技術を学ぶ必要を認めつつ、精神や価値観は日本古来の伝統・慣習・歴史を踏まえた日本の法律を極める学校の必要を感じ、人材育成の急務を念頭に置いた。

日本では、明治以前には、約２７０の藩が存在し、それぞれの藩の殿様の判断と意思によって、法が執行された。欧米のように、統一した法律がなかった。

そのために、欧米は日本を高度な近代国家として認めていなかった。それを憂慮した山田顕義は、欧米列強に劣らない法制度を整備し、欧米の近代社会に伍する優秀な人材の育成を急ぐ決意をして帰国した。

明治36年（１９０３）に、校名を日本法律学校から、日本大学に改称した。

令和元年に至る１３０年間で、日本大学は１１８万余の卒業生を世に送った。その間に、幾多の困難があったが、苦難を乗り越え、現在は16学部をもつ総合大学として、多様な人材を世に送る大学に発展し、日本最大の私学として、今日を迎えることが出来た。

新学部の創設 —— 英壽の悲願

英壽は、130周年記念事業として、2016年にスポーツ科学部と危機管理学部の創設、駿河台病院、藤沢小学校、認定こども園などを創設し、日本全国から集まった学生が安心して学生生活を過ごせる寮の完成に努めたことに触れた。

グローバル化政策（大学の国際化）の一環として、オーストラリアのニューカッスルの近郊に海外拠点校を作る構想を立ち上げ、土地の購入を済ませ、宿泊施設を備えた研究施設の整備を着々と進めていた。

海外学術交流提携校等は、33ヶ国1地域129大学等に及んでいた。

英壽は、自ら手掛けて創設した「危機管理学部」に多大な期待を寄せた。

これまで、英壽は危機管理に関して、常に想いを巡らせてきた。

「世界を取り巻く状況はますます複雑化し、国家・社会・人間の安全を確保する総合的な危機管理能力を有する人材が求められる」

「我が国では、まだ危機管理学部が存在しない」

「理論と実践の融合によって、災害やテロの危機に対する管理体制を施せる人材の育成が急務となっている」

「日本大学各学部の英知を融合し、総合的に力を発揮することだ」

英壽は、21世紀という時代を予測した。

「世界平和や繁栄を口にする時、新たな人材が欠かせない。危機発生前の『リスク・マネジメント』、発生後の『クライシス・マネジメント』の両面から危機を予見する、あるいは管理できる実践的な人材の養成が急務になるはずだ」


式典参列者は、英壽が大学3年時に学生横綱の栄誉に輝き、卒業した昭和44年（1969）に、全日本相撲選手権大会を制して、初のアマチュア横綱になったこと。翌年にも栄光に浴し、昭和49年（1974）には3度目の栄冠を手にしたことを知っていた。

学生横綱、3度のアマチュア横綱、34タイトルを獲得した。

英壽は、「左を差して右前まわしを取る」取り口に加えて、突っ張りなど多彩な攻めで、相手を退けた。

英壽は、「スポーツ日大」を不動のものにしたいと考え、その名を国の内外に知らしめたいと、夢見ていた。

実際に、日大相撲部を大正10年（1921）の創部以来、全国学生相撲選手権大会団体戦で29度の優勝を誇る、名門に仕上げたのである。日大相撲部の名は、まばゆいほどに輝いた。


スポーツ日大を世に知らしめるトップアスリートの育成こそ、英壽が描く夢であり、その夢の実現こそ悲願であった。

英壽は、新学部「スポーツ科学部」の創設を思い立った。

目的は、オリンピックや世界競技大会に出場する選手を、科学的根拠に基づいて、組織的かつ体系的に育成することであった。まずは、競技に勝てるトップアスリートを集め、それらの選手をサポートし、さらなる高みへと導くトレーナーや指導者の育成が大事となる。スポーツ医学の見地から身体のメカニズムや運動学、生理学などを学び、自主的に効率的に身体能力を鍛えて初めて、一流選手が生まれる。科学的に正しいトレーニング方法の理解なくして、トップアスリートは生まれない。競技者がコーチングを学び、指導者が競技を実践する方法を身につけることで、新たな時代のアスリートが誕生する。一流指導者の指導と理論の下で、トレーニング学やコーチング学といった関連科目を設置した。スポーツ科学部では、競技者と指導者のどちらを目指す学生も、必要な知識をバランスよく修得できる環境を整えた。

日本大学の学生数は、学部・大学院・通信教育部や付属高校を入れると、10万人に届く人数となり、教職員数は、約７２００名を数えた。

毎年、２万人近い卒業生を世に送り出し、国家・社会の繁栄と世界平和のために奉仕する学生の育成に努めていた。

日本大学は、16学部87学科を擁している。また、通信教育部、短期大学部、短期大学専攻科、第二部は１学部１学科を有している。大学院は、19研究科を擁し、修士・博士前期課程64専攻、博士・後期課程67専攻、専門職学位課程１専攻を擁する、我が国の最大を誇る私立大学であった。

教育の理念・自主創造

式典に続いて開催された祝賀会で、大塚吉兵衛《きちべえ》学長が日本大学の教育理念に触れた。

「自ら考え、自ら学び、自ら道をひらく」という日本大学の「自主創造」の精神と理念を述べた。

学長は、「日本大学教育憲章」を設けると、自主創造型日大人の養成を目指し、積極的に社会と関わる強靭《きょうじん》な個性と人格の養成を謳《うた》った。

そうした機運は、日本大学卒業生であり、祝賀会に来賓として招かれた松本南海雄（株式会社マツモトキヨシホールディングス代表取締役会長）、衣笠剛（株式会社ヤクルト球団代表取締役兼オーナー代行）、林真理子（作家）、真中満（東京ヤクルトスワローズ前監督）、篠山竜青（川崎ブレイブサンダース）など、諸氏の多彩な顔ぶれに表れていた。


日本大学は、日本人としての主体性を認識し、グローバルな視野で物事の本質を把握する人材の育成に尽力した。特に、高度研究を目指す大学院は、独創的な特質を有する人材の育成を掲げた。

科学研究費助成事業の、いわゆる科研費の採択率、学術研究助成金の採択件数も高かった。産官学連携知財センターの活動実績も、その発明関係の国内外における特許出願件数や、技術移転における受託・共同研究契約件数で、目を見張る成果を誇った。理事長特別研究費や学長特別研究費などを交付し、教授陣の研究熱を煽《あお》った。その実績は、特許実施権等の収入として、全国の国公私立大学の中でも上位を占めた。

まさに、我が国の社会的・経済的、さらに時代の要請に適う組織と機関を有していた。

大企業の社長の数は、日本大学出身者が、約２０２３１人（２０２０年帝国データバンク）という断トツの１位であった。

英壽の式辞に耳を傾ける招待者の脳裏には、日本大学が「スポーツ日大」の名に相応《ふさわ》しく、学問研究だけではなく、学生の心身を鍛え、日本人としても頑健な精神力を持つ人材の育成を目指している成果と実績が浮かんでいたことだろう。

再び、英壽はおもむろに目を閉じた。

スポーツ日大

英壽は、瞼に映る大学の競技部に思いを馳せた。英壽自身が力を注いだ成果が、数字となって表れていた。

日本大学出身のオリンピック代表選手は、４５０人以上を数え、獲得した総メダル数は、金メダルが23、銀メダルが36、銅メダルが43であった。

進化を続ける「スポーツ日大」には、34の競技部があった。

日本大学競技部は、常勝日大の名をほしいままにした。日本のスポーツ界をリードし、プロでの活躍、オリンピック出場選手の輩出など、日本の伝統武芸の歴史と発展に深く関わっていた。

英壽が理事長になって、約２４００人の競技部選手が世界に通用するように、全ての部に専用のグラウンドやトレーニングルームを完備した。

英壽の胸には、夢への鼓動が常に鳴り響いていた。

相撲部のコーチや監督を通じて、相撲の魅力を世界に広めたいとの願望が沸き立った。

「相撲の魅力を広めることこそ、自分の全てを賭して実現すべき使命だ」

「夢は実現するためにある」

「男は夢に生きる」

英壽の夢は、相撲を日本の武道として、オリンピック種目に加えることであった。そして日本の伝統的精神と様式美（あるいは伝統美）を、世界の人々に広めることであった。

青雲の志を抱いていた幼い日々に、英壽は思いを馳せた。

第二話　青雲の志

津軽ッ子

英壽は、青森県北津軽郡金木町《かなぎ》に生まれた。
昭和21年（1946）12月6日のことであった。5人兄弟の4番目で、3男であった。
上に兄2人と姉が、そして下に妹が1人いた。生粋《きっすい》の津軽ッ子であった。
田中家の両親は、長寿であった。
父親　田中多橘《たきち》　享年98
母親　田中トキ江　享年92
金木町は、太宰治の出身地でもあった。太宰家は青森でも、4本の指に入る金持ちであった。英壽は、よく太宰の生家を訪れ、家の中を見たこともあった。『斜陽』『人間失格』

『走れメロス』の著者で、有名な作家である太宰治を同郷の士として、英壽は誇りに思っていた。

英壽の実家は、農家であった。

戦前は20町歩もある田圃《たんぼ》を所有し、村内でも指折りの農家であった。戦後の農地改革で、英壽が子供の頃は、5町歩に減ったが、両親の懸命の働きによって、8町歩に増えた。

農家は、米や野菜を作り、自給自足で家族を養うのが常であった。大事なタンパク源は、庭に放し飼いにした30羽ほどの鶏が産む卵であった。

津軽の冬は厳しかった。津軽に生きる人々は、日々を生きることに真剣であった。季節の変化を読み取り、自然を学び、家族は心を一つにして働いた。隣近所や地域は協力し、助け合い、田畑の収穫物や情報を交換し合って生活を営んだ。

冬の厳しさは格別であった。その分、春の優しさとのどかさに心が癒やされた。喜びにつけ、悲しみにつけ、故郷の津軽は心を癒やし、身体を鍛える場所であった。

英壽は、両親や隣近所の人たちから、自然を観察して、豊作かどうかを当てる「勘」を学んだ。星や雲の動きに至るまで、農家の人々は細心の注意を払って、生活を営んだ。英壽もまた、それを肌で感じた。空気を読む、津軽の人々の生き方を、英壽は無意識に身につけた。

自然に対する神聖な気持ちは、春や秋に行われる神社での祭りとなった。英壽は津軽の風習や伝統の大切さを学んだ。

祈りは、民謡や演歌となり、さらに津軽三味線の音色となって、津軽を訪れる人々の心に染みた。

卵と相撲

昔、卵は贅沢《ぜいたく》な食べ物であった。病人に精力をつける食べ物として珍重された。

英壽は、金木町立蒔田小学校に入学した頃は、遊び盛りの腕白《わんぱく》少年であった。夕食間近まで遊びほうけていた英壽は、帰宅した頃には腹ぺこであった。

食卓につくなり、英壽はお膳を見渡した。

「オフクロ、オレも卵を食べたいよ」

長兄と次兄の前には、生卵が置いてあった。

真っ白な卵を目にした英壽は、真っ赤な顔をして、母親にせがんだ。

母親は黙っていた。

「オレにも食わせろよ」

「あんちゃんは相撲をやっている。体力をつけないといかん」

「食わせろよ、オレにも……」

「お前は遊んでばかりいるんだから、食わんでいい」

母親は冷たく言い放った。

そう言われて、黙って引っ込んでいる英壽ではなかった。3男ともなれば、無意識のうちに、黙っていれば食いっぱぐれることを肌に感じて生きてきた。執拗に食い下がって生き延びるのが3男であった。

「そんじゃ、オレも相撲をやったら、卵を食わしてくれるんか」

「ああ、卵を食いたかったら、相撲をやれ」

唇を尖《とが》らせている英壽に向かって、母親は大きく頷《うなず》いた。

「よし、それじゃあ、オレは明日から相撲をやる」

英壽は大声を上げて、相撲をやることを宣言した。

母親にとって、相撲は神社で、奉納相撲として行われる神聖な儀式であった。相撲は、日本の厳粛な古武道と信じていた。

農作物の豊穣《ほうじょう》を祈る農民にとって、相撲は神に捧げる神聖な儀式であり、村人の尊敬を集めていた。

農家である田中家には、大きな土間があった。物置を兼ねた広い土間は、土俵を一つ作れるくらいの広さがあった。そこに丸く土俵を描いて、稽古場にした。英壽は、そこで2人の兄を相手にぶつかり合った。

当時、長兄は金木高校という定時制の高校で相撲をやっていた。県大会では2位か、3位に入るほどに強く、国体にも出場するほどであった。

長兄の影響で、次兄も相撲をやっていた。

英壽が相撲の基礎を身につけたのは、長兄と次兄のお陰であった。相撲に対する心構え、技や呼吸の取り方を教えて貰った。

兄2人を相手にやる相撲である。幼い英壽には、相撲への関心を深める良い機会であった。おそらく、生涯で、最も相撲の面白さを味わったのは、この時ではないかと、英壽は今でも思っている。

兄の2人は手心を加え、英壽が勝つと、褒美《ほうび》として小遣いをくれた。そのことがさらに英壽を相撲へと駆り立てた。

一度、体で覚えた相撲の勘や技や取り口は、しっかり身についた。

ところが、蒔田小学校には相撲部はなく、入学して3年次にできた野球部に英壽は入部した。中学校では野球や陸上をやった。

母親は、面白いことに、野球をスポーツとは認めていなかった。

「あんなもののために体力をつけなくていい」と、真剣な表情をして言うのであった。

母親にとって、相撲こそ神聖にして侵すべからざる日本のスポーツであった。

英壽が後に相撲で頭角を現したのは、身体的な理由もあった。英壽の身体は、金木町の仲間の間でも大きい方であった。これは、父親譲りであった。英壽の父親は、相撲こそやっていなかったが、軍隊では銃剣道5段で、体格はがっちりとしていた。

英壽は、父親から自分たち兄弟に格闘技向きの血が流れていると思っていた。

母の教え

英壽が本格的に相撲をやり始めたのは、木造高校へ入学してからであった。

木造高校の相撲部は、英壽が入学する前年に、全国高校選手権で優勝するなど、活気があり、新入部員の獲得に、熱心であった。

入学すると、英壽は相撲部監督に目をつけられた。監督は、岩城徹先生であった。

「オッ、いい体をしているじゃないか。名前は何と言うんだ」

「田中英壽と申します」

「どっかで見た顔だな。お前、もしかすると相撲を取っていなかったか」

「はい。やっていました」

「思い出した、その顔を……」

「時々、相撲大会に出たことがあります」

英壽は、人数合わせで、地域の相撲大会に出場させられたことがあった。

「じゃ、入部しろ」と、監督は英壽を抱くようにして、強引に勧誘した。

当時の英壽は、身長が１６９センチ、体重が62キロ前後であった。

入部した部員は、英壽を含めて5人であった。

いざ練習となって、相撲をやると、英壽は他の新入部員に全く歯が立たず、押し出されるか、ねじ伏せられてしまった。

後で分かったのだが、他の新入部員は中学時代に相撲部に所属し、その実績を買われて木造高校に進学したのである。先輩部員に負けるなら諦めもつくが、同じ1年生部員に敗れたのである。その悔しさが、英壽の負けん気に火をつけた。

「稽古をやるしかない」

「人一倍、頑張るしかない」

そう思った英壽は、学校から帰るなり、四股《しこ》を踏んだり、庭の松の木に筵《むしろ》を巻いて、鉄砲をやったりした。毎日、1時間ずつ、一人で自主的に稽古をした。

夏が近づくと、農家は田植えの準備で、猫の手も借りたいほどに多忙を極めた。

英壽は、てんてこ舞いして働く母親を見ていられなかった。

ところが、母親は、

「相撲の稽古なんか止めて、手伝わんか」とは、絶対に言わなかった。

ある日のこと、

「……オレは上の学校へなんか行かなくてもいいよ。手伝いをすっかな」

「どういうことだ！」

「オレも田圃の一部を貰って、ここに住もうかな」

「冗談じゃない。お前にくれる田圃なんかありゃしない。そんなつもりなら、手伝わなくてもいい」

「……？」

「一つのことが出来んようで、農業が務まるとでも思っているのか。ここの人らは、死にものぐるいで生きているんだ」

「……！」

「お前にくれるような、余計な田圃はないからな。一つのことが出来もしないで、農業なんて、土台むりな話だ」

そう言うなり、母親は二度と英壽に手伝えとは言わなかった。

農家の人の、土地に対する愛着と思い入れは、尋常ではなかった。英壽に対する、母親の言葉には、厳しい北の大地に生きる農家の真剣な気持ちが込められていた。

土地を守るということは、命を守ることに等しかった。戦後の農地改革で土地を分割され、加えて兄弟の分家独立で田畑を細分化すれば、やがて土地は少なくなり、食うに困る。

命を削って、土地を守ってきた母親は、身に染みて、そのことを知っていた。

3男の英壽に、甘い顔をしたら、田中家はやがて立ち行かなくなることを恐れての態度だった。

田中家には、すでに長男がおり、3男の英壽は外へ出て一旗揚げて、新たな天地を開拓する以外に道はなかった。それが英壽に課せられた運命であった。


母親の教えが功を奏したのは、全国の強豪力士が選抜されて出場する十和田大会においてであった。

入学した年の夏だった。レギュラーの1人が絶不調に陥り、付け人をやっていた1年生の英壽に、声がかかったのである。

「おい、英壽、代わりに出ろ」

監督の声が響いた。

「私が、ですか?」

「そうだ。お前だ」

突然の指名に英壽は驚いたが、驚いてばかりもいられなかった。急いで、まわしを締めると、余計なことは考えずに、土俵に上がった。無心に相撲をやることだけを考えた。

「英壽で、大丈夫ですかね」

「今は、英壽に賭けるしかない」


英壽は、ガムシャラにぶつかっていった。

「おい、見てみろ！」

「……おい、英壽が勝った」

「本当だ。英壽がやったぞ」

「信じられねえ」

部員が一斉に叫んだ。

全国から集まった強豪を相手に、初めての大会出場にもかかわらず、英壽は連勝に連勝を重ねた。

チームは予選を通過して、決勝トーナメントに進出した。

決勝戦の相手は、東京の名門である明大中野高校だった。

英壽の対戦相手は、高校相撲界切っての大物と騒がれた臼井仁志（後の十両栃葉山）であった。体重は140キロの巨漢で、馬鹿力があった。

「当たって砕けるしかない」

英壽は、本格的に相撲を始めて半年であった。

巨大な壁が英壽の前に立ちはだかった。

「おい、大丈夫か、英壽は？」

「あの気迫に満ちた英壽の表情を見て下さい」

英壽は低い姿勢で、相手の懐《ふところ》にもぐり込んだ。

「おい、おい。見ろよ……」

「うわー」

「英壽が臼井を破ったぞ」

「信じられん」

「まだ、相撲を始めて半年なのに」

結果は、残念ながら、英壽のチームは1対2で明大中野高校に敗れ、準優勝であった。


帰宅した英壽は、母親に相撲の結果を報告した。

田圃の手入れで疲労困憊《こんぱい》している母親は、夕食の支度をしているところであった。

「ああ、そう。よかったな」

母親は、一言、他人事《ひとごと》のように言っただけであった。

英壽は、かつて言った母親の厳しい言葉を忘れなかった。母親の教えがあったからこそ、勝ち進めたと思った。

「一心不乱に立ち向かい、一つの壁を破って生きるしか、津軽ッ子に生き残る道はない」

英壽は、稽古に励み続けた。

人の2倍も3倍も、稽古をした。長兄や次兄の胸を借り、稽古に励んだ。その甲斐あって、臼井仁志という巨漢を倒すことができた。

「努力すれば、壁は乗り越えられる」

英壽は、自信をつけた自分を知った。

神の声を聞いた勝負師

自信をつけた英壽には、怖いものがなくなった。勝てたお陰で、相撲が面白くなった。

2年生になると、木造高校の相撲部では、敵なしとなった。

高校生を対象とした相撲大会が、青森県内には全部で4つあった。これらに優勝することが、英壽の次の目標となった。

しかし、上には上がいた。

三本木農業高校の相撲部には、河野という体重140キロもある大型選手がいた。英壽は74キロである。この河野に対して、英壽は連敗に次ぐ連敗を喫《きっ》していた。決勝まで行ったが、河野と対戦すると、ことごとく敗北し、賜杯《しはい》を手にすることが出来なかった。

お陰で、インターハイ（全国大会）に、英壽は出場出来なかった。当時は、大会優勝の河野と青森県が推薦する選手の2人が出場枠を有するという仕組みであった。しかし、英壽はその推薦枠から外されたのである。推薦されると思っていただけに、英壽の落胆は深刻であった。河野をやっつける以外に、新たな高みを目指すことは不可能である。

逆境は、人を育てる。

何とかして、河野を倒そうと苦心した。どう攻めたらいいか。何か手があるはずだ。しかし、手がかりは摑《つか》めない。悶々《もんもん》とした日々が続いた。

青森県内の有力選手を集めた国体の合同練習が催された。河野も有力選手として選ばれていた。

英壽は、河野の胸を借りて、練習することにした。何度挑んでも、簡単に押しつぶされた。体の大きな河野に左四つにいっては思い切り引きつけられ、にっちもさっちも行かなくなって、力負けした。

攻略法が、英壽には見つからなかった。

しかし、チャンスは、必ずやってくる。

稽古の最中に、河野がふっと漏らした。

「自分のようなアンコは、前みつを摑んで拝まれると弱いんだ」

英壽は、それを聞き逃さなかった。

「天の声だ」

「攻略法が見つかった」

心で叫んだ英壽は、戦法を変えた。

真っ向から四つになることを避け、左を浅く差し、右の前みつを取って食いつく相撲に変えたのである。

この戦法は大成功であった。

歯が立たなかった河野に、英壽は連戦連勝した。

こうして、英壽は春季大会でも、夏の県総体でも優勝した。河野は2位であった。

国体に出場して、団体優勝を飾ることが出来た。


勝負の時、神はささやく。

神の声を聞いた者が、勝負師になれる。

その瞬間、勝負に勝てる。

首を傾《かし》げながら、土俵を降りる河野を見て、英壽はそう思った。

人生においても同じである。経営においても同じである。ピィーンと頭をかすめる何かを感じる瞬間がある。その閃《ひらめ》きが聞こえる間は、勝負に勝てる。

第三話　雌伏の時――邂逅

第18回東京オリンピック開催の記念式典

人生には出会いがある。

出会いは、花鳥風月との出会いもあれば、人との場合もある。音楽やスポーツイベントなどとの出会いもあれば、監督との出会い、良き先輩や友人との出会いもある。良き伴侶（結婚相手）との出会いなど、人生は出会いの連続に他ならない。

昭和39年（1964）は、第18回東京オリンピックの開催された年であった。

参加国はオリンピック史上最多の94ヶ国にのぼった。

アジアで初めてのオリンピック開催であり、戦後の日本の復興した姿を世界に知って貰う絶好の機会であった。オリンピックの開催地招聘《しょうへい》は、日本の悲願であり、その願いが叶った喜びを、全国民が味わっていた。

熱気は、参加種目に入っていない相撲界にも及んだ。

英壽もまた、オリンピック開催という人生で再び味わうことが出来ないかもしれない機会に巡り会ったのである。

開会式は10月10日であった。

その2ヶ月前の8月、日本武道館で落成式を兼ねたイベントが開催された。イベントとは、日本古来の武道を披露するという一大デモンストレーションの開催であった。剣道、柔道、空手などの種目に加えて、相撲も披露の対象に選ばれた。

高校生の出場者は、北海道、東北、北陸など、全国10ブロックから1人ずつ、東京からは2人が選ばれた。計12名の名誉ある選抜者の一人に、東北代表として英壽が選出されたのである。


英壽は、この時、いつの日か相撲もまた、オリンピック種目入りして欲しいと、強く望んだ。必ず参加種目になるはずだ、と確信した。相撲こそ、日本の古武道を代表するスポーツだからだ。ルールといい、取組の妙味といい、古式豊かな伝統美といい、また礼儀作法に徹した様式美といい、外国人に感動を与えるはずである。

18歳で、東北を代表して上京した英壽は、興奮する自分を抑えながら、相撲の未来に夢を膨《ふく》らませた。

実際、その時、相撲関係者は密《ひそ》かに相撲の国際化を夢見たのである。

英壽は、選ばれて、本州最果ての青森県金木から上京出来たことを喜んだ。世紀の祭典であるオリンピック行事に関われたことに感激した。

輪島（後の第54代横綱）との出会い

この時、後に第54代横綱となる輪島博も参加していたのである。輪島は北陸を代表して参加していた。輪島は、英壽より1歳年下で、高校2年生であった。

実は、輪島と初めて出会ったのは、英壽が木造高校2年で、輪島が北陸の金沢高校の1年の時であった。初対面は、板柳大会での試合であった。輪島が在籍する金沢高校も出場していて、英壽と輪島は、団体戦と個人戦で対戦した。団体戦では負け、個人戦では勝利し、1勝1敗であった。

当時、輪島の強さは北陸ばかりでなく全国に知られるほどで、恐るべき怪物となっていた。

翌年の夏の、武道館での一大デモンストレーションで、再び、輪島と顔を合わせた。この時、英壽は高校3年生で、輪島は高校2年生であった。

輪島が声をかけてきた。

「先輩、ちょっと、ちょっと」

「なんだい」

振り返ると、人なつこい顔をした輪島がいた。

「これから日大の相撲部に遊びに行って来ようと思ってるんですよ。ウチの高校の先輩が何人かいますから。どうですか、先輩。一緒に行きませんか」

人柄の良さは、一目見ると分かる。輪島は英壽の人柄を見抜いて、声をかけたのである。馬が合うという言葉があるが、英壽と輪島は直ぐに気が合った。

「物事に囚われない」

「大らかである」

「あっけらかんとしている」


青森から出て来た田舎者の英壽にとって、東京のことは右も左も分からない。まして知人もいなかった。宿舎にいても、やることはなかった。相撲の稽古は、デモンストレーションであったから、体が鈍《なま》らない程度にしておけば良かった。

「ああ、いいよ」

「先輩、じゃ、出かけましょう」

英壽は、輪島の後をついて行った。

当時の英壽は、全国レベルの力をつけたいと、ひたすら相撲の稽古に励み、将来のことは真剣に考えていなかった。日大相撲部を見物出来るというチャンスが、どうなるかも考えずに、輪島の後にくっついて歩いた。

日大相撲部は、ＪＲ中央線の阿佐ケ谷駅から歩いて直ぐのところにあった。


英壽が、大学相撲部の部屋と土俵を見るのは初めてであった。土俵は清められたように清潔であった。神棚があり、教訓らしき額が飾られていた。

稽古は、部員が授業を終えて、合宿所に帰ってから始まった。

部員が全員集まると、監督に向かって挨拶した。

そして、声をかけ合い、部員たちは念入りに準備体操をした。

監督が、じっと部員の様子を窺《うかが》っていた。

緊迫した中で、部員たちの稽古となった。

仲間の取組をじっと見つめ、そこから何かを学ぼうとする視線は、真剣そのものであった。

部員の体が紅潮し、汗がしたたり落ちるのが見えた。

輪島は全く物怖じしない男であった。日大相撲部に着くと、ニコニコとした表情で、会う人に挨拶し、話しかけた。一ヶ所にじっとせずに、あちらこちらと愛想を振りまいて歩いた。先輩たちと話し込んでしまい、帰ることを気にしないふうだった。

だんだん日が傾くと、輪島は、

「ボク、今夜、こっちに泊まることにします。先輩はどうしますか」

「泊まる?」

「はい、泊まります」

「本気か?」

「もちろんです。……面白そうでしょう、ここは」

困ったのは英壽であった。輪島の後に従って来た英壽には、帰りの道順も町の様子も皆目分からなかった。腹が立ったが、輪島に従うしかなかった。

「お、お前が泊まるんなら、オ、オレだって泊まるよ」

輪島と一緒に、合宿所に泊まる羽目となった。

その晩、寝る前に輪島と阿佐ケ谷駅前に行って、夜食代わりに鶏の蒸し焼きを1羽ずつ食べた。この時の味を、英壽は今でも忘れずにいた。

相撲部員の練習を、英壽は初めて見た。

中央に監督が座り、マネージャーの指示の下に、体操から始めて、四股をする者、鉄砲をする者、稽古に励む者など、高校の相撲部とはまった違った光景に、英壽は目を見張った。その張り詰めた空気は、英壽に鮮烈な印象を与えた。

日大相撲部で味わった強烈な印象は、相撲が面白くなり始めた英壽にとって、日大進学のきっかけになった。

肌が合うという感じを、英壽は受けた。

金沢の誓い

東京の武道館での一大デモンストレーションから、2ヶ月後に行われた大分県宇佐市で開催された宇佐大会で、英壽は再び、輪島と顔を合わせた。

出番が終わり、青森へ帰ろうと身支度しているところへ、輪島が姿を現した。

「先輩、金沢は青森へ帰る途中じゃありませんか。是非、寄って下さいよ」

「うう、うん。金沢か！」

「金沢は素晴らしい街です。良い思い出になりますよ」

北陸の小京都と呼ばれるほどに、金沢は風光明媚な美しい街である。

英壽は、輪島のところに1泊することにした。

当時、輪島は金沢高校相撲部の岡大和先生の家に下宿していた。輪島は岡監督にスカウトされ、英才教育を受けていた。

輪島の部屋で、一緒に寝ることになった。


夜も更けて、そろそろ寝ようかと思った時である。

英壽は、輪島が懸命になって、白い紙に、自分の名前を書いているのを見つけた。

「何やってんだい？」

「先輩！　サインの練習ですよ。ボク、高校を卒業したら大相撲の世界に行こうと思います。絶対に、出世してみせます。その時のために練習しているんです」

輪島の表情は真剣であった。

「先輩は、どうするんですか？」

英壽より1年後輩の輪島が、将来のことを真剣に考え、歩むべき道を決めていたのである。

「オ、オレか」

「はい」

「オ、オレは日大に行くことにする」

「日大ですか」

「ああ、そうだ!」

「じゃ、先輩は学生横綱になって下さい。私は大相撲の横綱を目指します」

輪島の声は、熱を帯びていた。

唐突の質問で、面食らったが、英壽も負けじとばかり、自分の将来についての決意表明をしたのである。

「金沢の誓いですね、これは」

「おお、その通りだな」

「お互いに頑張りましょう」

英壽も、輪島に負けず劣らず、自分に目標を課した。

「人生は不思議だ。人の出会いは感動だ」

そう思いつつ、翌日、輪島に見送られて、英壽は金沢を後にした。

高校卒業——学祖の教えに学ぶ

木造高校を卒業する日が来た。相撲に明け暮れた高校時代との別れである。

相撲部の後輩たちが相撲場に集まった。別れを惜しみながら、英壽の功績を称えてくれた。日大の相撲部に入部する英壽が、きっと素晴らしい成績を上げることを期待して、エールを送ってくれた。後輩たちの思いやりに、英壽は感無量であった。

そこへ、岩城徹先生が姿を現した。

「いよいよ、卒業だな。よく頑張ってくれた。これからが真剣勝負だ」

「お世話になりました」

「この津軽平野が、……岩木山がお前を応援している。自分に負けたらいかんぞ」

「はい、先生！　頑張ります」

「英壽、お前ならやれる。……志を高く掲げて、夢を実現するんだ、いいな」

「ありがとうございます」

「今までだって、志を掲げて、やって来たじゃないか。お前ならできる」

岩城徹先生は、「志」という送別の言葉を送ってくれた。英壽は、生涯、この言葉を忘れなかった。

後に、岩城先生は、青森県鰺ヶ沢出身の「舞の海」を育てることになるのである。先生の面倒見の良さには、定評があった。舞の海ばかりでなく、進んで関係者の面倒を見た。


英壽は、岩城先生から頂いた言葉から、忘れられない大事な教えを学ぶこととなった。

後に、日本大学へ進学した英壽は、学祖である山田顕義先生が、師と仰いだ吉田松陰先生から同じ「立志」という言葉を賜った話に、親近感を抱いた。

吉田松陰は松下村塾を開いた人で、吉田松陰の導きがなければ、日本の近代化は成就できなかったほどの偉人であった。

自ら信じる道を歩み、近代日本のあるべき姿を弟子たちに説いた人である。松下村塾は私塾であった。武士の子弟たちは、藩校である明倫館で学ぶのが普通であったが、松陰先生を慕い、私塾の松下村塾でも学んだのである。

伯父の勧めで、山田顕義も松下村塾で学ぶことになった。この時、顕義は14歳であった。

井伊直弼による安政の大獄によって、体制批判した松陰先生は危険視され、牢に繋《つな》がれ、死罪を言い渡された。

山田顕義と松陰先生の子弟関係は、1年余の短い期間であった。しかし、松陰先生との出会いは激烈であった。

松陰先生は、最後の弟子でもあった山田顕義を呼び出し、新珠《あらたま》の言葉を与えたのである。

これは松陰先生が扇の表に書いた遺訓で、「扇面詩」と呼ばれた。顕義は、生涯、この扇面詩を大事にした。その言葉とは、

立志尚特異　　立志は特異を尚ぶ
俗流與議難　　俗流ともに議し難し
不思身後業　　身後の業を思はず
且偸目前安　　且く目前の安きを偸む
百年一瞬耳　　百年は一瞬のみ
君子勿素餐　　君子素餐するなかれ

吉田松陰「扇面詞」与山田生《やまだせいにあたう》

英壽は、扇に人生訓を記すという、いかにも武士らしい古風な行為に深い感銘を受けた。

そして、扇面詩の内容を、自分なりに解釈していた。

「志を高く掲げて生きなさい。生きる途次《とじ》において、世俗的なことに出会うであろうが、惑わされずに、志を遂げることに専念しなさい。百年は一瞬である。持って生まれた素晴らしい資質を枯らすことなく頑張りなさい」

英壽は、「立志」という言葉と、その響きが好きであった。「君子」という言葉には、キザな感じを受けたが、自分を高めようとする人間には、自分自身を敬い、自分に誇りすら感じる気風が必要だと考えた。

出会いには、人との出会いもあるが、先人の遺訓との邂逅《かいこう》（めぐり逢い）もまた貴重であると、英壽は感じた。

18歳にして新たな旅路に向かう英壽は、本州最果ての地に生まれて育った。学祖山田顕義先生は、本州西方の山口県萩に生まれ、明治新政府の司法大臣として活躍し、明治22年に日本大学の前身である「日本法律学校」を創立した。

英壽も、志を高く掲げて、本州最北端の地から青雲の志を抱き、木造高校を巣立ち、上京したのである。

今にして思えば、「立志」は心の原風景であった。

第四話　日本大学進学

試練――怪我と津軽弁の訛りに苦しむ

憧れの東京暮らしが始まった。

しかし、合宿所は、新入生にとっては、地獄のように辛い場所であった。4年生は殿様であり、一番下の1年生は奴隷であった。口応えは一切許されず、唯々諾々《いいだくだく》と上級生に従うしかなかった。炊事洗濯から、トイレの掃除、雑用と、辛いことは全て1年生の仕事となった。

「俺たちだって、1年生の時にはやったんだ」

「はあ」

「文句があるか」

「ありません！」

「じゃ、しっかりやれ」

本州の最果て、青森から上京した英壽が、一番苦労したのは、方言であった。英壽は津軽弁を丸出しにして、先輩と会話した。

「おい、そこの新人」

「はい！」

「日本人だろう？」

「はい！」

「ちゃんと日本語で喋《しゃべ》れ！」

英壽は、だんだん、寡黙になった。言葉を話すのが厭になった。

石川啄木の短歌に、こんな歌があった。

「ふるさとの訛《なまり》なつかし停車場の人ごみの中にそを聴きにゆく」

岩手から上京した啄木は、孤独感に苛《さいな》まれると上野駅に出かけていって、センチメンタルな気持ちを癒やしたようだ。当時、東北線の発着は、上野駅であった。上野駅にいると、東北訛《なま》りを至るところで耳にすることが出来た。

上野駅は、青森はもちろん、東北地方から出て来た人々で賑わった。

英壽は、啄木のような気分に到底なれなかった。逆に、相撲に自信のあるプライドの高い英壽の失意は大きく、プレッシャーは強烈であった。

相撲部員は、九州出身が多く、東北出身者は英壽をのぞくと2人しかいなかった。南の九州弁（薩摩弁）と北の津軽弁が、訛りを丸出しにして喋るわけだから、お互いに理解し合えるはずはなかった。ましてや第三者には理解不可能な会話であった。

英壽は、鬱憤《うっぷん》を晴らす方法を見つけた。

唯一、それは稽古場であった。

「稽古で頑張るぞ！」

普段の生活で、先輩に楯突《たてつ》けば、酷い目にあうが、稽古場だけは例外であった。土俵の中であれば、意地悪な先輩の横っ面を、思い切り張り飛ばしても文句は言われなかった。突っ張れば、間違って顔に入ることがあるが、そんなことは無頓着に突っ張りを浴びせた。そして、鬱憤を思い切り晴らしたのである。

半分ノイローゼの英壽は、意地悪な先輩を稽古相手に選び、ワザと突っ張ることを密かな楽しみにした。高校時代の英壽は、突っ張りなどはしなかったが、いつの間にか、この突っ張りが英壽の有力な武器になった。

入学したばかりの英壽は、新人ながら、レギュラー級の実力をつけていた。最初の大会は、昭和41年（1966）4月29日の、東日本学生相撲新人選手権大会であった。

この日、順調に勝ち上がった英壽は、決勝戦で、明大の臼井仁志と対戦した。臼井は明大中野高校の時に2年連続して高校横綱になり、木造高校の時に対戦した相手であった。

英壽は、またもや臼井を破り、優勝を飾ったのである。

しかし、不運は、常につきまとう。

新人選手権で優勝して、1週間後、英壽は稽古中に右膝を怪我した。

この右膝の怪我は、英壽の最大の泣き所であった。

最悪なのは、膝の中の血管が切れて、膝の内部に血が溜まってしまうのである。1週間くらい病院のベッドで安静にしていると、腫れや痛みがだんだん治まり、やがて動けるようになる、実に始末の悪い怪我であった。

病院に行くと、医者は一目見るなり言った。

「わっ、こりゃ、ひどい。入院しなくちゃ治らんぞ」

英壽は、医者の言葉に、悩んだ。先輩の目を気にしながら、じっと東京の病院に入院して、完治するのを待つ方が良いか否か考え抜いた。

英壽は、思い切った行動に出た。タクシーを頼むと、病院ではなく、上野駅へ走らせたのである。そして、青森行きの電車に飛び乗った。まさに、脱走であった。

「ああ、もうオレは駄目だ。このまま大学を辞めて、青森で暮らそうか」

そう真剣に考えるほどに、右膝の怪我は大変であった。

1ヶ月間、金木の実家の近くの病院に入院した。このことは監督だけには電話で知らせたが、先輩には黙っていた。

脱走劇を終えて、再び、英壽は上京した。合宿所の敷居を跨《また》ぐ時の、あの気まずさを思い出す度に、英壽は苦笑した。結局、英壽は相撲が好きであった。怪我が回復すると、無性に、相撲が恋しくなった。


再び、合宿所での生活が始まった。稽古は夕方であったから、授業へは休まずに出席した。合宿所で、雑用や雑務をこなすより、学校へ出て、講義を聴く方が楽しいと思うようになっていた。授業は、英壽の興味を誘った。知らない世界を学ぶ喜びを知った。

経済学部に在籍した英壽は、歴史や哲学などの一般教養を学びつつ、何故に経済学が社会にとって必要かを知るに及んで、国際問題への関心が芽生えた。

だんだん自分が拓《ひら》けてゆく気がした。グローバル化という言葉を耳にした時、自分が取り組む相撲もまた国際化を余儀なくされていると感じた。自分を取り巻く時代が、国際社会との関係を無視しては成り立ち得ないことを痛感した。

その年の秋頃、再び、膝を怪我した。

「先輩の目を気にして、イジイジしているのは厭《いや》だ」

英壽は、2度目の脱走を試みた。

秋も深まり、11月頃、合宿所に帰る際は、前回とは比較にならないほどに、周囲の目は冷ややかであった。辛い冬を一人過ごさねばならなかった。

自分の非を認める

2度も脱走劇を繰り返した英壽に対して、「オレ抜きではチームは成り立たない」という自惚《うぬぼ》れがあることを、庄川洋一監督は見抜いたのである。高知大会に出場出来ると思っていた英壽は、出場メンバーから外された。そればかりか、高知大会への同行すら許されなかった。

「チームのために良くない」

「このまま放置すれば、いつまで経っても、精神的甘さを克服できない」

監督は、泣いて馬謖《ばしょく》を切る思いで、英壽に冷や飯を食わす荒療治をしたのである。


英壽は、一人、合宿所に取り残された。

原因は自分にある。

「チームは一丸とならなければならない」

「隙があってはダメだ。団体戦に勝てない」

「相手に勝利するには、自分にもっと残酷でなければならない」

原因を突き止めなければならない。

「このままでは、本当に落ちこぼれてしまう」

「甘えや言い訳は一切止めよう」

「初心に戻って、やり直すしかない」

英壽は、一人、寒々とした合宿所にとどまり、ひんやりとした土俵に立って深く自分を省みた。

そうだ、稽古しかない。英壽は四股を踏み、筋力トレーニングに励んだ。再び、立志の精神に舞い戻って、自分を取り戻そうと闘った。

実は、右膝の怪我に、英壽は苦しめられ続けた。大学4年間で7回も入院を余儀なくされた。

「このままでは絶対に終わるものか」という熱い思いに促されて、英壽は以後、怪我との付き合い方を学び、工夫して稽古を重ねたのである。

本州の最果て青森では、お山の大将でいられた。周囲に敵なしであった。井の中の蛙《かわず》であった。このままでは、自分を殺してしまう。何とかしなければならない。

英壽は、自分と初めて向き合った気がした。

再び、輪島——最高の稽古相手

「やあ、先輩。久しぶりです」

聞き覚えのある声は、輪島であった。

プロを目指していた輪島は、岡大和監督の助言もあって、プロ行きを先延ばしにして、日本大学に進学して来たのである。

英壽は、この時、良きライバルが出現したと、大歓迎であった。大学生の英壽が高校生の輪島と対戦して、10番勝負のうち、3番しか勝てなかった。先輩の面目が丸つぶれであった。

「先輩、プロに行きます」

そう言った輪島は、非凡の才能を持っていた。

悔しさを忘れなかった英壽は、その恨みを晴らそうとした。

「オイ、やろう」

「はい、先輩」

「じゃ、三番げいこ！」

輪島を稽古相手に指名して、懸命に稽古した。

「三番げいこ」とは、負けても勝っても相手を変えずに、2人だけで行う練習方法であった。自分の弱点を修正してゆく稽古であり、自分の弱点を克服して、強さを身につけた。

それに対して、「申し合い」という練習方法があった。勝ち抜きで戦い、勝った方が土俵に残り、負けた方は後退しなければならなかった。強い者は勝ち抜き、稽古量が多くなるから、ますます力をつけた。従って、一番一番、自分の力を出し切って戦うために、気合が入り、勝とうとする意欲に磨きがかかった。

「申し合い」「三番げいこ」が終わると、「ぶつかりげいこ」に入った。「ぶつかりげいこ」が終わったら、四股を100回くらい踏み、今度は器具を使用して、自分が不足していると思う筋力を鍛える。その間も、仲間の取り口を観察して、学習をする。そして、30回程度の伸脚、腰割りを適度にやり、腕立て伏せを50、60回する。最後に全員が蹲踞《そんきょ》の姿勢から、黙禱《もくとう》（精神統一）を20秒間ほどして、一日の稽古は終了した。

大学2年の時には、英壽は力をつけていて、輪島との対戦では10番中で8、9番は勝つようになった。輪島は、英壽の調子を計るバロメーターであった。輪島は英壽の稽古台として、励んだのであった。

気が合った2人は、共に未来を見据え、共に稽古をした。

余談になるが、日大相撲部と輪島が日大を卒業後に入門した旧花籠部屋とは目と鼻の先であった。

輪島はプロ入りしてからは、英壽と練習稽古をするのを嫌がった。プロの道は真剣である。マスコミやメディアに対しても神経を使った。遊び相手で稽古をすることはしなかった。プロにはプロの根性と生き方があった。舐《な》めてかかれば、手ひどい仕打ちが待ち構えていた。常に真剣勝負のプロは、手加減なしに稽古をするのが常だった。

アマチュアは、生活がかかったプロの素顔を知らなかった。真剣勝負という言葉は知っていても、プロとして生きる覚悟と根性は分からなかった。

英壽は、仲間の一人がプロの相手をして、赤恥をかかせた折、激怒したプロが本気になって、仲間を投げ飛ばし、足を折る怪我をさせたのを覚えていた。


「このままでは終わらない」

「もう一度、這《は》い上がってみせる」

英壽はもくもくと稽古や、強化トレーニングに励んだ。

「あの脱走常習者は、一体どうしたんだ！」

「何かあったのか？」

周囲の部員の目配せや、首をひねっている姿が目に映った。

その原因は、英壽自身だけが密かに知っていた。

輪島の入部で、英壽の気迫に火がついたのである。

輪島が入部したお陰で、レギュラー争いが一段と厳しさを増した。

人生には、転機がある。

その転機に気づかずにいると、芽は出ないままに終わる。潮目を捉え、チャンスを引き寄せることが、勝機を捉えるコツである。

「おい、輪島。お前だ。来い！」

数ヶ月間の、死に物狂いの稽古とトレーニングで、英壽は体力とパワーがついた。

そうした時に、

「おい、今度の大会から、いくぞ」

庄川洋一監督から声がかかった。待望のレギュラー復帰である。

この時、英壽は、長い冬が終わったと思い、胸に熱いものが込み上げてくるのを感じた。

持病となっていた右膝との付き合い方も覚えて、痛みが出たり、腫れたりすると、どう応急手当をするか分かってきた。

東京暮らしにも慣れてきて、部活動以外の生活にも余裕が出て来た。

6月の東日本学生選手権で、3位に入賞し、2年生になっての7月の東日本社会人学生選抜相撲川崎大会では、1年ぶりに2度目の優勝が出来た。この大会以後、稽古が楽しくなり始めた。

輪島が入部してから、目の色を変えて、一から稽古と強化に励んだ効果が表れ出したのである。

9月の全国大学実業団刈屋大会でも優勝し、自信をつけた英壽の次なる目標は、学生ナンバーワンを決める秋の全国学生相撲選手権大会である。

優勝——学生横綱

右膝の持病を抱えた英壽は、体調の管理に気を使いながら、稽古に励んだ。プレッシャーを撥ね除けて勝負するコツも身についた。

人間は後退する時がある。一歩後退することによって、二歩前進すれば、大いなる成長である。この成長こそ、新たなエネルギーや闘志をかき立てる。

英壽が、大学3年の時である。日大相撲部に入部して、3年目である。

「今年こそ、オレのものだ」

全国学生相撲選手権大会で、優勝出来る自信が密かにわき上がっていた。

稽古は十分であった。団体戦の戦力も大幅に上がっていた。

英壽は、個人戦に全力集中出来た。

拓殖大学の井戸保を破って、待望の「学生横綱」の賜杯を手にすることが出来た。この栄冠は、通算7個目のビッグタイトルであった。

優勝祝賀会には、日本大学会頭の古田重二良《じゅうじろう》（明治34年〈1901〉―昭和45年〈1970〉）先生や恩師の橘喜朔先生も駆けつけてくれた。輪島も出席した。

日本大学の会頭古田重二良先生が出席することに先輩たちは驚いた。

「古田重二良先生がどんなに偉い人か知っているのか」

「いいえ、直《じか》に、お会いするのは、今日が初めてです」

「英壽が目標とする人だ、古田会頭は」

「はあ？」

「古田会頭の時に、日本大学の経営と教育研究の基礎が出来たんだぞ」

「知りませんでした」

「これから、学べばいいいんだ。じっくりと」

古田会頭は、秋田県出身で、高等専攻科法律学科を卒業した。学生時代は柔道部主将として活躍した。

会頭になってから、世界的な総合大学を目指して、国の内外の変化に対応できる人材の育成・教育と経営の一体化を図った。財政基盤の強化と研究の充実を謳《うた》いつつ、真に国際人としての気風を維持する人材の育成に努めた。

日本大学の目的および使命は昭和24年（1949）に制定された。しかし、教育基本法には準じているものの私学の独自性が発揮されていないという声を受け、現在の表現に改めた。

『日本大学は　日本精神にもとづき　道統をたっとび　憲章にしたがい　自主創造の気風をやしない　文化の進展をはかり　世界の平和と人類の福祉とに　寄与することを目的とする。

日本大学は　広く知識を世界にもとめて　深達な学術を研究し　心身ともに健全な文化人を　育成することを使命とする』

日本大学は、戦前の高等文官試験行政科の合格者では、中央大学に次いで私立大学では第2位であり、司法科も合格者を多数出して、司法の日大の名をほしいままにした。

古田会頭は、福島県郡山市や静岡県三島市、千葉県津田沼市や千葉県船橋市などに広大な土地を購入し、学部を創った。権限を与え、独立採算での運営を行わせた。さらに、各学部にそれぞれ附属学校を併設させた。

日本大学は日本相撲協会から両国国技館を買収して改装し、日大講堂とした。

昭和34年（１９５９）10月６日に創立70周年記念式典を挙行した。式典には昭和天皇・皇后両陛下のご臨席を賜り、岸信介首相をはじめ、文部大臣、日本大学役員と校友、日本大学の学生ら約５０００人が参列した。

高度経済成長を見越して、古田会頭は学部の新増設にも着手した。文理学部を新設し、東京獣医畜産大学を農学部に吸収して農獣医学部へ改組し、経済学部の商業学科を商学部に分離した。特に産業界の要請を受けて理工系教育が重視されたことから理工系学部の新増設に取り組み、福島県に疎開していた専門部工科を工学部、従前の工学部は理科系の学科を増設して理工学部に改組した。理工学部の経営工学科は生産工学部とした。

古田会頭時代に、新学科も次々と増設された。


注目すべきことは、昭和33年（１９５８）に、物理学科を創設したことである。

湯川秀樹が原子力委員会の役員を辞任したという話を聞いた理工学部長は、何十回となく足を運んで、湯川博士を顧問に迎え入れることに成功した。湯川博士と呉文炳《くれふみあき》総長らが相談して、原子力研究所、さらには物理学科と数学科の新設を急いだのである。

日本大学は、湯川博士の指導下でノーベル賞レベルを目指す人材の育成と、世界的活躍を遂げる研究者の誕生を夢見たのである。

古田会頭は、世界の大学を相手にする研究者の育成が急務と考えた。原子力支配の世界になることを予見し、日本大学の理系学部の質を高めて、国内の大学は元より、世界の大学と競い合える世界的総合大学の確立を目標とした。真に、世界の先端研究者に伍する人材の育成と教育・研究の在り方を思案していたのである。

建学の精神――学祖 山田顕義と古田会頭

日本大学を知る先輩たちの話に、英壽は耳を傾けた。

「古田会頭は凄い人ですね」

「古田会頭の理想は、文武両道だよ」

「文武両道?」

「しっかりとした価値観・世界観を持ち、武道にも長けているってことだろうな」

「文武両道の精神ですか……」

「日本大学の精神と言えますね」

「このバランスの取れた精神を持った人間こそ、日大人だ」

「健全な精神と、立派な知性と教養ってことでもありますね」

「実は、これは学祖山田顕義先生の考えに根ざしている」

「学祖？」

「そうだ。山田顕義先生だ」


日本が高度成長期にあり、産業と大学の連携を急がねばならなかった。古田会頭は、「日本会」という会を組織して、政治との結びつきも強めた。当時の首相とも昵懇《じっこん》となり、国家繁栄の基礎づくりについてお互いに話し合った。そこには、矛盾も生じて来た。政治との距離の取り方によって、それぞれの役割と使命を混同してしまうことを、メディアは警戒するようになった。教育と政治の癒着は、腐敗の温床になると見た。

学部のゼミで、「経済成長期における日本大学」というテーマで発表する学生も現れた。日本大学の草創期を通じて、日本の大学の実態や当時の社会が見えてくるというのである。一つの時代を映す鏡として、総合大学としての日本大学の姿には、特別な意味があった。

その中心に、古田会頭がいた。

日本大学の発展は、日本の経済の高度成長期と時期を同じくしていた。学部を増設した古田会頭の経営方針は、国家に資する学生の育成と、研究者の資質向上であった。古田会頭は、変革を急いだ。時代の寵児《ちょうじ》として、夢中になって日本大学の改革に着手した。

古田会頭の話を、熱っぽくする校友の姿がよく見られた。

「幕末から明治にかけての、新政府のやり方だって、急ぎすぎたんじゃないかな」

「あの時は、欧米列強の脅威があった。だから、まずは国内を固めないといけないという危機意識が、大同団結を導いたんだ。殖産興業、富国強兵がそれだ」

「古田会頭の時だって、似ているんじゃないかな」

「戦後の混乱期を乗り越えて、やっと繁栄の時が日本に訪れた」

「だから、急いだんだ」

「改革や変革の時は、……独断専行する人も出てくるな」

「多少の独断は必要だよ。行きすぎるとダメだけど」

「でも、過去を否定し去ることは出来ないんじゃないかな。……黙っていたら、何も出来ない。誰も動かない」

「……見識や良識とのバランスが一番難しいな」

「確かに……」

「批判はいくらでも出来る。……先人から学んで初めて、未来が拓けてくる」

「良きにつけ、悪しきにつけ……」

「責めるだけじゃ、何も生まれないぞ」

「過去に目をつぶることは良くないが、過去を全面否定するだけじゃ、ダメだな」

「信念を持って、……時には突き進むリーダーがいないと」

「時の指導者やリーダーは責任を持って、動かないと、社会は変わらない。新しい時代の幕開けはない」

「大学経営だって、同じかな」

「あの時の大学紛争を成功と見るか、不幸な時代と評価するか。……意見は分かれるだろうな」

「うん、そうだな！」

「今の日本の政治も産業も、あの大学紛争時代の人たちが支えて来た」

「ところが、かつて『日本を見習え』（ルック・イースト）と言ったマレーシアのマハティール首相が、今の日本には失望しているそうだ」

「財政は借金だらけ、自給率は40パーセントを切っている。これじゃあ、何かあったら、日本人同士で共食いが始まるかもしれないぞ」

「労働力不足で、農業、林業、漁業の担い手は不足している。介護なども人手不足で困っているそうだ」

「超大型台風や大地震がいつ日本を襲うとも限らない」

「坂本龍馬みたいな人間が出てきて、日本を洗濯しないとダメだな」

「洗濯じゃなくて、『作り直す』ってことだろう。根本から」

「根性のあるリーダーが欲しいな。使命感を持って、我々を牽引するリーダーが」

「おいおい、それは他力本願な言い方だな」

「あはははは、他力本願か？」


日本大学の校友たちは、大学に誇りを持っていた。日本の発展に、日本大学は多大な貢献をしたという自負があった。

「山田顕義先生のことや、古田重二良会頭のことを学ぶと、日本が見えてくるんじゃないか」

「日本大学のことも、よく見えてくると思うよ」

山田顕義先生は、剣道をやった。吉田松陰先生も剣道をやった。剣道という古武道を通じて、当時の武士たちは自分を鍛えた。

古田会頭も同様であった。スポーツを通じて自分を鍛え、スポーツを通じて自分の先に見える人生や社会との繋がりを学んだ。

創設者の生き方も、その志を受け継ぐ者も、心身を鍛えることを重んじた。その上に立って、日本の在るべき姿を求めた。

英壽も、古武道を通じて、大学の国際化を考えた。大学の在り方を求めた。

スポーツを通じて、若い世代が世界の人々と、どう交流するかということについて想いを巡らせた。

オリンピック開催がまさにそうであった。オリンピック精神がそうであった。政治に支配されることなく、スポーツ文化を育て、人々が感動を共有する世界こそ理想であった。

それが、世界平和の礎《いしずえ》に通じた。

英壽の脳裏には、相撲の国際化があった。それを生涯のテーマであると考えるようになっていた。

山田顕義は、遣欧使節団に随行した。いち早くパリに到着した顕義は、パリ市内を見物した。その際に、ナポレオンの偉大さに出会った。帰国後、顕義は、「ナポレオン」という詩を詠んだ。

何言雄略圧当時　なんぞ言わん　雄略　当時を圧するを
又有法章千載垂　又法章の　千載に垂るる有り
人世無窮青史上　人世　無窮　青史の上
文明文武古今師　文武　古今の師たるは　文明なり

文武両道の精神は、この新珠の詩句に謳われていた。
武人であり、文人の典型がナポレオンであると、顕義の目に映った。
ナポレオンは偉大な皇帝であり、その名をヨーロッパのみならず、世界にとどろかせていた。

そのナポレオンは、初めにおいては軍人であった。その軍人のナポレオンは法典を編纂した。戦争に明け暮れるヨーロッパを見て、戦争のない、秩序ある平和な世界の出現を夢見たのであった。法律こそ国家と社会の繁栄と平和に欠かせなかった。普遍的な価値こそ、混乱を鎮め、秩序ある国家建設に欠かせないと、顕義もまた考えた。

混乱の痕《あと》がパリには残っていた。それを目にした時、顕義はナポレオンの偉大さを学んだ。

顕義は、ナポレオン法典に深く感銘を受けた。自らも民法や商法の編纂に関わった時、ナポレオンを師と仰いだのである。今の日本が在るのは、民法と商法を編纂した顕義のお陰と言っていい。顕義が「小ナポレオン」と呼ばれる所以《ゆえん》も、ここにあった。

英壽は、日本大学の創設者や、先人の知恵と行動に敬意を表した。

先人たちは、絶えず、世界と対峙《たいじ》していた。

「自分はどうだろうか？」

英壽は、相撲を通じて、今を生きることを大事にして生きようと思った。

目の前の、一つひとつに真剣に取り組み、誰にも恥じない態度で臨もうと考えた。

プロへの誘惑

英壽は、学生横綱になったことで、さらなる高みを目指した。勢いがついた。それは、1ヶ月後に行われた学生、社会人を含めたアマチュア横綱を決める全日本相撲選手権大会まで続き、決勝に進んだが、3連覇に挑戦していた野見典展に敗れ、惜しくも準優勝となった。

英壽が学生横綱になったことは、学校の名誉を高めることとなった。スポーツ新聞に掲載され、大学新聞では大きく報道された。

輪島が、英壽を見て言った。

「先輩、今日も学校ですか」

「ああ、面白い授業があるんだ」

「真面目だなあ、先輩は」

英壽は、学校へ行くのが楽しみだった。

授業を通して、別の自分が見えてくる気がした。

後輩の部員からも、英壽は真面目な学生と目され、慕われていた。

相撲は、単なるスポーツではなく、自分の人生であると考えるようになっていた。相撲が面白くなった英壽に、やがてプロへの思いが募ってきた。いっそ、大学を中退して、プロになろうかとも考えてみた。

日大の近くに花籠部屋があった。花籠部屋は、かつては横綱若乃花、この後、横綱輪島、大関魁傑、関脇若秩父、関脇荒勢らを出す名門であった。「阿佐ケ谷勢」という言葉が生まれるほどに、素晴らしい力士が誕生した部屋である。

花籠部屋に出向いて、英壽はプロの力士たちと稽古をすることもあった。相撲の技能に秀でた英壽を、花籠部屋は歓迎した。

当時、幕下にいた龍虎や、陸奥ノ海らとほとんど五分に戦い、力の差はないと、英壽は感じていた。

「どうだい、思い切ってプロでやってみないか」

師匠の花籠親方に誘われた。

その時、英壽はプロへの思いを熱くした。

若者であれば、あらゆる可能性に対して、自分を懸けたくなるのは当たり前である。夢は途方もなく広がる。一途《いちず》に生きてみたいと思うのが青春である。華やかな道を夢見るのが、若者であった。自分を過信して、もっと高みを目指すのが若者であった。

英壽は、自分の将来について思い悩んだ。

輪島は、早くからプロ入りを望んでいた。プロ入りの夢は、一時も輪島から消えなかった。

輪島同様に、プロで勝負してみたい気持ちが募るほど、英壽の調子は良かった。

だが、その頃、大学出の学生で、大相撲の世界へ入った者は少なかった。日本大学を卒業したプロ力士は皆無だった。

もし、可能であれば、英壽はプロ入りしたかった。そして、思い切り、自分を試したかった。

しかし、人生は二度、経験できない。

「二兎を追う者は一兎をも得ず」という諺《ことわざ》がある。

英壽は迷った。

「思い切って、相撲力士になるか」

「故郷青森へ帰って、学校の先生になるか」

英壽は遅疑逡巡しながら、時を過ごした。

大学4年の時、全国学生相撲選手権があった。もし、この時、優勝していれば、英壽は大相撲力士への道を歩む決意をしたかもしれなかった。

決勝の相手は、同じ日本大学相撲部の輪島であった。

英壽は、下手投げで、輪島に敗れたのである。

学生横綱輪島の誕生である。

翌年も、輪島は学生横綱の栄誉に輝いた。

英壽は、選択の岐路に立たされた。

「相撲だけは捨てたくない」

「相撲は、自分自身である」

この信念は変わらなかった。英壽は、何よりも相撲が好きであった。相撲という世界は、奥が深い。見た目に、美しかった。大げさに響くかもしれないが、男が命を懸けてやり通したくなる魅力があった。

英壽は大学の執行部に呼び出された。

「輪島をプロに行かす」

「お前は大学に残れ」

「はい！」

「後輩を鍛えて、天下を取れ」

英壽は、素直に、大学執行部の指示に従うことにした。

こうして、英壽は母校日大に就職が決まり、相撲部の後輩を指導するという生活が始まった。

第五話　試練

苦労の始まり

英壽は、大学の職員と、相撲部のコーチという二足のワラジを履くことになった。加えて、自分自身の稽古が加わった。まさに、三足のワラジである。

勤め先は、世田谷区下馬にある農獣医学部であった。肩書きは、体育助手で、体育の先生の補佐役であった。

英壽が就職した昭和44年（1969）という年は、日大紛争が真っ盛りの年であった。日本全国に、学生運動が飛び火して、日本中の大学は、学生によるロックアウトに遭遇していた。お陰で、授業は休講続きとなり、教授陣は、その対応に四苦八苦していた。

古田会頭が日大講堂で、学生との大衆団交に応じ、辞任を迫られた。一度は認めたが、その後、辞任を翻《ひるがえ》した。そのことが、混迷をさらに深めた。

英壽に、体育助手の仕事はなかった。校舎の管理を任された。学内を見まわり、教室や研究室の開け閉めをした。朝6時から夜8時頃まで拘束された。アパートを朝5時過ぎに出なければならず、相撲の指導も自分の稽古の時間も取れなかった。


「このままでは、駄目になる」

「アマチュア相撲日本一は、絶対に目指したい」

何としても、夢は実現したかった。こんな状態では、ビッグタイトルは絵に描いた餅になる。英壽は焦《あせ》った。困り果てた。


退路を断つ。

この手段しか、打開策はなかった。

自分の手で、稽古が出来る状況をつくり出すしかない。すでに、前年の全日本相撲選手権大会では、8位に終わり、涙を呑んでいた。帰宅して、夜遅く、誰もいない合宿所で一人、四股を踏んだり、走ったり、トレーニングをしたくらいでは猛者《もさ》どもを打ち負かすことは出来ようはずがなかった。

もともと、守衛をやるために、大学に就職したのではない。相撲コーチの大事な仕事がある。日大のために、もっと自分を生かしたかった。

「そうか。じゃあ、勝手にやればいいじゃないか」

上司の返事は冷たかった。1週間くらいして、英壽は学監に呼び出された。

学監というのは、教授が務め、学内では権威のある怖い存在であった。

「稽古するために早退するのはいいが、君一人にそういうわがままを許しては、他の者に示しがつかない。これからも早退を続けるんだったら、給料は半分、カットさせて貰うが、それでいいか」

言い方は柔らかかったが、その言葉は心臓を抉《えぐ》るように英壽には思えた。

「分かりました。半分どころか、一銭もいりません。その代わり、毎日、稽古をやらせて貰います」

英壽は憤然として、席を立った。

背後に、学監の苦い表情が浮かんだ。

「まだ就職して間もないくせに。この若造が」

「学監に楯突くとは、何事だ」

厳しい冷たい空気を、英壽は背後に感じた。

就職して、まだ1年である。啖呵《たんか》を切った以上、やるしかない。もう後には引けなかった。

英壽は、午後5時になると、さっさと阿佐ケ谷の相撲部に向かい、何かに取り憑《つ》かれたように稽古に打ち込んだ。

「今に見ていろ」

「男の意地を見せてやる」

およそ2ヶ月の間に、英壽は稽古不足を取り戻した。心身ともに、今までにはないような状態で大会に臨むことが出来た。

全日本相撲選手権大会の決勝戦の相手は、東京農大の長浜広光(後に小結になった豊山)であった。

立ち合いで、英壽は、まずポンポンと突っ張って長浜の足を止め、左は浅く差し、右を外すという願ってもない体勢に持ち込むことに成功した。そして、そのまま一気に前に出て、寄り切ったのである。

この優勝の後、職場で英壽を見る目ががらりと変わった。新聞やメディアが記事に取り上げたのである。

出勤すると、学監が向こうから飛んできて、英壽の手を握ったのである。

「英壽君、おめでとう」

「ありがとう御座います」

「良かったね。私は、もう少しで君の才能を潰《つぶ》すところだったよ」

学監の言葉を聞いて、英壽は感激のあまり、涙を流してしまった。

この大会に合わせるように、輪島はプロ入りし、破竹の勢いで番付を駆け上り、横綱へと上り詰めて行くのである。

金送れ（150枚の論文）――英壽の父と母

大学職員の給料は決して高くはなかった。ところが、英壽は食べ盛り、飲み盛り、遊び盛りであった。その上、部員の面倒を見なくてはならない。この部員の食べっぷり、飲みっぷりは半端じゃない。加えて、英壽の懐を当てにしている者がゴロゴロしていた。

就職して、1年目の初任給は、手取りで2万8000円であった。卒業と同時に、合宿

所を出て、部屋を借りた。その部屋代が1万円だった。部屋は合宿所の近くにあったから、

「先輩、ごっつあんです」

英壽の部屋を、後輩たちがしばしば訪れた。

そこで、英壽は一計を案じた。

父親に、150枚の論文を書いて送ったのである。

論文の内容は、「金送れ」であった。大学に真面目に通ったお陰で、論文の書き方には慣れていた。アメリカの大学での論文と同じように、説得力を持たせて書いた。何を言いたいかを、初めの部分で述べ、しっかりと目的を述べた後で、項目を作り、順序立てながら記述する方法を用いた。結論は、初めの部分と同じで、自分の意見をはっきり述べて締めくくった。

「嘘だ！」

何と、父親から毎月10万円が送られてきたのである。英壽は叫んだ。

「これは夢だ」

「夢以外の何物でもない」

英壽は、身震いするほどの興奮に駆られた。

大学の職員と、相撲部のコーチと、現役という三足のワラジを履いた約4年の間、父親は仕送りしてくれたのである。10万円が、現在の貨幣価値にして、どれくらいの値打ちがあるか、英壽には想像出来なかった。辛い農業をして、米を作り、貯めた虎の子を仕送りして来たのだ。


母親も不思議な女性《ひと》であったが、父親もまた変わった男性《ひと》であった。

若い時から、酒は「一日一升」と決めていた。その飲み方は、まるで判を押したようであった。朝起きると、まずは真新しい一升ビンの栓をポンと開けて、自分専用の大きな湯飲みで2合飲んだ。一気にキューと、見事な飲みっぷりであった。朝飯の時に1合、昼飯に2合、残りの5合は晩飯の時であった。

田舎のことだから、お祭りとか、親戚の結婚式など、冠婚葬祭で飲む機会は結構多かったはずだ。父親は時どき、そういうところへ呼ばれたが、

「ここで飲んだら、なんぼ飲んだか、分からなくなる」

そう言って、一滴も飲まずに帰宅した。大酒飲みのくせに、町の赤ちょうちんとか、きれいな女の子のいるバーで飲んだことは皆無であった。

英壽は、父親のそういう頑固で融通の利かないところが大好きであった。

酒好きの父親の姿を思い浮かべると、大学の教養講座で学んだ、若山牧水（明治18年〈1885〉—昭和3年〈1928〉）の短歌の一節が頭を過《よぎ》った。

「白玉の歯にしみとほる秋の夜の酒はしづかに飲むべかりけり」

「足音を忍ばせて行けば台所にわが酒の壜は立ちて待ちをる」

英壽も酒が好きであった。

その飲み方は父親に似て、夢心地の表情をして、実に美味そうに、杯を口に運んだ。


その父親の仕送りのお陰で、心に余裕が出来たのである。

アマチュア横綱になったとは言え、給金も賞金もゼロであった。給料が上がるわけでもなく、父親の気持ちは英壽にとって、女神の微笑みに出会ったように有り難かった。

父親は、自分を認めている。だから、仕送りをしてくれた。そう思うと、胸が熱くなるのを覚えた。

自分を訪ねて上京した母親の思い出が、英壽によみがえった。

「オフクロ、大丈夫か、家の方は」

「心配ないよ。今は農閑期だから」

農閑期とは、米の収穫が終わり、農家の人たちはゆっくりと骨休みが出来る時期であった。逆に、農繁期になると、農家の人々は多忙を極めた。

「じゃ、ゆっくりしていったらいい」

「それに、お前が大学の職員となったことが嬉しいんだよ、私は」

母親は嬉しそうな表情をした。

「好きな相撲が出来て、お前は幸せ者だよ」

「ううん」

「教え子を育てて、大学のために頑張っているらしいね」

母親は、じっと、英壽の顔を見て言った。

1ヶ月も、母親は英壽の元で暮らした後、青森へ帰って行った。

その後姿を、英壽は思い出しては懐かしんだ。

第六話　夢に駆ける

3度のアマチュア横綱

壁を破ると、新たな視界が拓ける。ひと皮剝《む》けると、新たな自分を発見する。

全日本相撲選手権大会で優勝し、アマチュア横綱になってから、英壽の相撲はガラリと変わった。それまでは、勝ちたい、ただ勝ちたいという気持ちが先立って、肩に力が入ったり、力みすぎたりして、自分らしい相撲が取れなかった。

アマチュア相撲界のナンバーワンという自覚と自信とが、余計な不安や雑念を吹き払ってくれた。

「精神的ゆとり」という言葉が相応しかった。気持ちの上で、ゆとりが出てくると、それまで見えなかった相手の弱点が見えるようになってきた。

力が五分五分の対戦相手であっても、勝敗を決定する瞬間に、この精神的ゆとりが微妙に作用することを、英壽は強く感じた。

稽古で身につけた感覚は、何と説明していいか分からなかった。稽古を通じて、身につけた瞬時の反応であり、勘であった。それは、理屈では説明出来なかった。英壽なりに、少し気取って「肉体知」と呼んだ。動物の「勘」に似て、危機を察した際に働く、あの動物的な瞬間の動作であった。それが身を守った。

相手の弱点や不安感を、逆に利用して、自分のプラスとすることが出来れば、試合を有利に運ぶことが可能となった。


昭和45年（1970）の全日本相撲選手権大会でも、英壽は優勝した。連続しての、アマチュア横綱である。

プロの世界では、横綱相撲を取るという言葉がある。プロの王者として、もちろん、横綱は風格を備えている。横綱には、その場の「空気」を作り上げる力量がある。それは言葉では表しがたい。

目に見えない威圧感を、横綱は持っている。それを読めずに、新参者の若手は、がむしゃらにただ突っ込んでしまう。そして、転《ころ》がされるのである。

昭和44年（1969）の制覇からの5年間が、英壽の全盛期であった。

当時の英壽は、アマチュア相撲の誰とやっても、負ける気がしなかった。これは英壽の独り善がりとか、自信過剰からではなかった。


人生において、忘れられない幸福な時がある。子供時代の、和《なご》やかな家庭のことではない。感情の起伏が激しい青春時代における、幸福の一時期だ。

英壽にとって、忘れられない幸福で、記念すべき思い出の日々は、日大を卒業した昭和44年、その年の暮れの全日本選手権で初のアマチュア横綱になってからのおよそ5年間であった。

この間に、全部で、34個のタイトルを獲得した。

その中で、最も自慢出来るのは卒業してアマチュア相撲界のナンバーワンであるアマチュア横綱になったことであった。

2年連続を達成したのは、平聖一であった。

英壽の後は、長岡末弘（元大関朝潮）、服部祐兒（元前頭藤ノ川）、久嶋啓太（元久島海）、田宮啓司（琴光喜）らが記録していた。

3年連続というのは、和歌山県の野見典展氏しか達成していなかった。

「よし、それじゃ、オレが2人目の3連覇男になってやろうじゃないか」

「今年も、オレが貰った」

昭和46年（1971）、全日本相撲選手権大会が開催された。

大会の下馬評では、英壽が優勝候補、本命であった。

下馬評通り、英壽は勝ち上がり、準決勝まで勝ち残った。

賜杯が、目の前にぶら下がっていた。

グイッと手を伸ばせば、取れる距離である。


人生は、波乱に満ちている。

誰もが、試合の時は、戦略を練り、全身全霊で勝負を仕掛けてくる。

準決勝戦では、近畿大学出身の南野忠昭（和歌山県）が相手であった。

「どこから来ても負けるはずがない」

英壽は、絶対の自信を持っていた。

ところが、だんだん不利な体勢に追い込まれた。

まさかの取りこぼしを招いたのである。

史上2人目の、3連覇の夢は潰え去り、英壽は屈辱の3位に甘んじたのであった。優勝したのは、舘岡儀秋（駒沢大学）。舘岡は学生横綱とアマチュア横綱の2つの栄冠に輝いた。

あの時の屈辱は、脳裏から消えることがなかった。思い出す度に、勝負の厳しさを教えられることとなった。

限界を知る

英壽は、3年後の昭和49年（1974）、3度目のアマチュア横綱に返り咲いたが、昭和46年（1971）に3連覇を逃してから、心に変化が生じていた。

勝負に対する執着心が失せ始めていた。英壽は、自分の体から、勝つことへの情熱や意欲が薄れてゆくのを感じていた。

「ああ、オレは、もうこれぐらいでいいや」

「引け時が来たかな」

気持ちの中に、複雑なものが生じ始めた。

前年にも、もう1勝で優勝という時が来た。相手は、教え子の石川孝志（元前頭大ノ海）であった。英壽が鍛えた中では、抜群の強さがあった。

勝負をする時は、相手をグッと睨《にら》みつけ、ぶっ潰してやるというくらいの気迫がないとダメである。

その時、英壽には、そうした気迫や執念が消え失せていた。

相手は、教え子である。

「此奴《こいつ》も成長したな」

「頼もしくなったな」

英壽は、自分を負《ま》かした教え子の石川を見て、喜ぶ始末であった。

勝負に賭けるということは、相手のことは考えず、自分の勝利だけを考えて、勝敗を決しなくてはならない。「生きるか死ぬか」というハムレットの心境でなければ、勝ちを拾うことは出来ない。怒濤の如く寄せ来る苦難をものともせずに、立ち向かう根性がなくてはならない。

寝ても覚めても、勝負に対する情熱に身を焦《こ》がしていなければならない。

躊躇《ちゅうちょ》は、絶対に禁物である。

人生も勝負も同じである。

「一発勝負に生きる現役選手として、峠は越えたな」

「これがオレの限界かもしれない」

英壽は、心の内に、弱音を吐く自分を感じた。

優勝の翌年、約1ヶ月後の全日本相撲選手権大会を控えて、連盟上層部が、英壽に出場を要請してきた。

「とても戦えない」と出場を固辞した。

しかし、上層部には、英壽の気持ちが分からなかった。

案の定、1勝2敗で、英壽は予選落ちした。

昭和50年は、タイトルを一つも取れなかった。

オレを見習え——人生観の確立

現役選手として限界を感じながらも、英壽にとって相撲は、心の拠《よ》り所であった。大好きな相撲から離れて生きることなど、考えられなかった。

英壽は、日大相撲部のコーチとして生きると、覚悟を決めた。

それまでは、庄川洋一監督の下で、現役選手兼コーチという形でやって来た。

コーチ業は片手間で、現役選手が本業であった。無意識のうちに、現役選手であるという自負の下に、英壽は誇りを持ち、自分を支えてきた。

これからは、コーチ業に専念しようと、英壽は考えた。


では、コーチとして、どう生きるのか。

英壽は、日夜、苦悩した。

庄川洋一監督は、相撲選手としての実績は特になかった。

しかし、監督として、実直であり、誠実に選手に接してきた。

毎日、部員たちがまわしを締める前から、稽古場に姿を現し、座っていた。取り立てて、厳しいアドバイスをするでもなく、むしろ背後からじっと見つめているふうであった。逆に、それが選手にはプレッシャーとなった。

「もっと、かいなを返せ」

「下手の差し方が悪いぞ」

ガミガミ言ってくれる方が、選手たちには有り難かったが、監督はじっと観察するだけであった。

無言でいることは、逆に雄弁であった。沈黙は、部員に恐ろしさを感じさせた。


「自分は、どのように教えようか」

「どうすれば、勝負に勝てる選手を育てられるか」

英壽は、自分らしい方法を編み出そうと、日夜考えた。


ある日、庄川洋一監督が、英壽につぶやいた。

「今の若者には、昔のようなスパルタ教育は通用しないな。昔と全く違う」

「はあ！」

「それぞれに、個性も異なっている」

「ええ！」

「個性をどう見つけ、どう育てるかだな」

ぽつりと言った監督の言葉が、英壽の耳から離れなかった。

昔なら、先輩に向かって、腹の中で叫ぶことがよくあった。

「こん畜生、今に見ていろ」

「お前なんかに負けてたまるか」

「何だ、その相撲は。……生意気なことを言うな」

「先輩づらをするな」

「手本を見せてから言え」

英壽は、合宿所に入った頃を思い出した。

津軽弁の訛りを笑われ、田舎育ちの振る舞いをからかわれるなど、プレッシャーに堪え抜いた自分を、思い出した。

過去を思い出して、あるいは故郷津軽を懐かしんで、自分なりのコーチ業に専念しようと、英壽は考えた。

とは言え、勝負の世界である。勝ち負けがはっきりする世界に、部員たちは生きている。大学の名誉もかかっているのだ。

「勝負に、優しさは必要ない」

「勝つためには、鬼になれ」

「もっと非情になれ」

昔なら言えた、そんな言葉を、英壽は決して口に出さなかった。

突き放し、切り捨てることは簡単である。遮二無二《しゃにむに》ついてくる選手を相手にして、稽古をすることも可能である。

「ここは大学である」

「教育の場である」

「焦らず、怒らず」

「辛抱強く待つことである」

希望にあふれて入部した部員たちを見る度に、「出会いは縁である」「色あせない縁である」と感じつつ、英壽は稽古をつけた。


「今までに培《つちか》ったワザを伝えよう」

「一緒に、稽古をしよう」

「部員たちに、胸を貸してやろう」

英壽は、無理な稽古を強いなかった。自ら積極的に、相撲に取り組もうとする部員の気持ちを大事にすることにした。

部員たちは、英壽が学生横綱であり、アマチュア横綱であることを知っていた。英壽が輪島を稽古台にしたように、部員たちが英壽を稽古台にするよう望んだ。あえて、英壽は部員たちの稽古台になった。

本気を出せば、英壽はまだまだ部員たちに負けなかった。それを上手く手加減しながら、英壽は実際的なワザを体で覚えさせた。

口で説明するより、体で教えることの方が効果的であった。

オレを見習え。

生きた手本が、ここにある。

英壽は、心の中で、そう叫びながら部員たちに胸を貸した。

第七話　結婚

優子との出会い ―― 文武両道の精神

英壽が、優子に出会ったのは、日大に進学した昭和40年（1965）の春で、青森から上京した年であった。優子の実家は、日大相撲部の合宿所に近い杉並区の阿佐谷であった。相撲部の友人から、優子を紹介された。初めのうちは、挨拶を交わす程度であったが、虹を見た少年が心をときめかすように、優子に引かれていった。

2人は、恋愛結婚であった。

優子は相撲が大好きであった。英壽が出場する相撲の観戦にはよく応援に駆けつけてくれた。優勝すると、自分のことのように喜んでくれた。

やがて将来を誓い合う間柄になった。

結婚したのは、８年後であった。

結婚式は、昭和49年（１９７４）10月22日であった。

伝統を重んじる英壽は、羽織袴で披露宴に臨み、日大関係者や同僚たちや部員から祝福を受けた。

青森から、両親が出席してくれた。兄弟姉妹もわざわざ青森から、祝福に駆けつけてくれた。

一人前になった英壽の姿を見て、家族の者は喜んでくれた。とりわけ、両親の喜びは大きく、英壽が大学に就職し、相撲の世界で指導者として活躍する姿を見て、感激した。

優子は、阿佐ケ谷駅近くで、ちゃんこ料理店を経営していた。

経済的に、初めから、英壽は彼女に負んぶに抱っこであった。

実は、優子は歌手を目指していた。

歌手になるには、才能に恵まれているのはもちろん、チャンスや幸運に恵まれていることが必要であった。

プロ野球の選手が、高校からプロに入って、簡単に超大物の選手になれないように、歌手の世界も同様であった。画家や小説、芸術の世界でも同様であった。

優子は、三波春夫の歌謡ショーの前座を務めることがあった。


優子の歌を聴いているうちに、英壽の心に、優子への関心が芽生えていった。

優子は、美空ひばりの歌が得意であった。美空ひばりは、よく津軽の歌を歌った。

「津軽のふるさと」である。

その歌を聞く度、英壽は故郷を想った。先輩に酷い津軽弁の訛りをからかわれていた頃であったから、余計に優子の歌う「津軽のふるさと」が英壽の心を癒やした。

実は、愛する女性《ひと》を心に秘めることは、生きる勇気と情熱を天から与えられると同じであった。相撲に情熱を注ぐと同じように、英壽は優子に愛情を注いだ。

「何だ、まだ半人前で、とんでもない」

「相撲に情熱を捧げていたのではなかったのか」


ここで、英壽らしい理由がまかり通った。

文武両道の精神である。教養と武道が一致する瞬間である。

英壽に、教養と武道の葛藤が生じた。

古代ギリシャの哲学者アリストテレスは〝人を説得し動かす3つの要素「信頼（エトス）」「情熱（パトス）」「論理（ロゴス）」が揃えば人は説得され動かされる〟と説いた。パトスは感情や情熱と考えてよい。ロゴスは、絶えず流動する世界の根幹を繋ぐもので、「はじめに言葉（ロゴス）があった。ロゴスは神と共にあった。ロゴスは神であった」というくらいに、物事の根源と関わった。

英壽は、パトスと関わった。パトスに魂《こころ》を囚われた。

英壽の魂を奪ったのは、優子であった。

右膝を痛めて、青森に逃げ帰った時、胸に去来したのは、相撲への関心と同時に、優子への激しい思慕であった。再び上京したのは、優子に対するパトス、つまりは情念の虜《とりこ》になったからである。

相撲を続けるか、青森に就職するかという葛藤は、英壽にとって、相撲人生を諦めるか否かの真剣な苦悩であった。

苦悩を克服できたのは、パトスの力、つまりは優子への愛が相撲人生と同じくらいに大きいと実感したからである。何にも増して貴重な宝は、全身を奮い立たせる愛の力に他ならなかった。

金木町の病院のベッドに横たわりながら、相撲を諦めるべきか否かと、遅疑逡巡する英壽は、優子の愛に絆《ほだ》され、自分の進むべき道を決定したのである。

内助の功——山内一豊の妻の如き優子夫人

出会いは、宝である。

初めのうちは、言葉を交わす程度であったが、だんだん親しみを覚え、いつしか気持ちが、愛に変わった。

優子と知り合って、英壽は張り合いが出た。しみじみと、幸福に甘んじることが出来た。

「これが愛というものか！」

英壽は、家庭を持った幸福感に浸った。

相撲に関心がある優子とは、打てば響くように相撲の話に、花を咲かせることが出来た。

「安月給だから、迷惑をかけることになるぞ」

「あら、そんなことを気にしているの？」

「気にするさ」

「試合に勝つことが、あなたの夢なんでしょう」

「もちろんだ」

「勝負に勝って、賜杯を手にしましょうよ。それが部員のため、日大のため、あなた自身のためでしょう」

「…………」

「夫婦《めおと》になれたんですもの、私も頑張りたいわ」

「協力してくれるかい？」

「夫唱婦随《ふしょうふずい》って言うでしょう。結婚した時から、覚悟していたわ」

「優子、すまないな、苦労をかけることになるぞ」

「お腹が空いていたんじゃ、稽古にならないし、試合にも勝てないでしょう」

「もちろんだよ」

英壽は、給料袋を優子に渡すことは一度もなかった。

その分、浮いたお金は、全てを部員や教え子たちに注ぎ込むことが出来た。

無茶で無謀な話に聞こえるが、優子はただの一言も文句を言ったことがなかった。

優子の力があったから、英壽は相撲に専念出来た。

優子は、「ちゃんこ田中」を経営した。

役割分担をしたつもりはなかった。しかし、いつの間にか、英壽に出来ないことを、優子が担当してくれた。

遠く故郷を後にした部員の中には、ホームシックになったり、病気や怪我をして、元気をなくす者がいた。あるいは、スランプに陥り、苦しんでいる者もいた。

こうした際に、母の目で、あるいは、姉のような気持ちで、優子は接した。

優子は、料理に工夫した。元気のない部員に故郷の料理を出してやることもあった。すると、部員は見違えるように元気になった。

部員の中には、離婚家庭の者もいた。離婚家庭の子供であるから、根性がないとか、気合に劣ると思われがちだが、実は真逆であった。目的がしっかりとあり、目標に向かって精進する者は、進歩が速かった。

両親に恵まれた者と違って、会話などで親の自慢話をする場合、話に加わることを避けているところがあったが、母親思いや家族思いの情には、非凡なところがあった。

大会を目前にした英壽は、部員全員に気を配ることを心掛けたが、細かいところになると、どうしても目が行き届かない。

優子が経営する料理屋が、合宿所にも近い関係で、優子は進んで部員の健康に気を配った。目に見えない部員の心のケアは、知らず知らず優子が担当した。

「何かあったら、いつでもいらっしゃい」

「怪我は早く治すことが大事よ。手遅れになると、稽古に差し支えるからね、いいわね」

「自分の家と思って、何でも相談してね、約束よ」

優子は、母親のようであった。母親のように、部員に接した。

部員は、英壽に叱られるのとは違い、時に厳しい優子の言葉を有り難く聞き入れた。


プロに進んだ力士が、暇さえあれば、ちゃんこ田中に顔を出した。

優子は、いつでも温かく迎えた。

「先場所は、頑張ったわね」

「自分の相撲が取れるようになって、中日《なかび》からは白星が取れるようになってホッとしました」

「とにかく、一番一番、勝ち進んで行くことね」

「先場所、負け越しましたから、来場所は頑張ります」

ちゃんこ鍋を食べる力士を見る優子の目には、力士の健康を気遣う思いやりがあった。

もちろん、料金は、一切、受け取らなかった。店を訪れ、顔を見せてくれることが、優子には嬉しかった。

夫の英壽を助け、共に相撲に情熱を傾ける部員や教え子の面倒を見られることを自分の喜びとした。

新たな歩み——相撲は神事・日本の伝統文化

二人三脚という言葉が、英壽と優子の関係には相応しかった。

英壽は、昭和53年（1978）にアマチュア相撲界では史上初めて、「朝日体育賞」を受賞した。それ以前に、昭和44（1969）、45（1970）、49（1974）年に「読売スポーツ部門賞」を受賞していた。

「ねえ、あなた」

「どうしたんだ？」

「あなたは、『日本大学の田中、ここにあり』とまで謳われて、これまで頑張ってきたわね。日大相撲部の11連勝を飾るなど、まだまだ、あなたは頑張るでしょうけど、これからどうするの」

「どうするって？」

「次の夢は、何なの？」

「どうしたんだ。急に！」

「有り難いことに、色々な賞を頂いたでしょう。……あなたに対する周囲の新たな期待が、どんどん高まっている。これからどうするのかしら」

「もっと頑張るさ」

「大丈夫？」

「ああ、命の限り、頑張るしかないだろう」

「未来しかないのね、あなたには」

「もちろんだ。後ろを振り返って何になる。何が生まれるっていうんだ」

「ええ」

「……これまでも、優子がいたから生きてこられた。……身に余る賞を貰うことができたのも、優子のお陰だよ」

「相撲が、あなたの人生だったわね」

「ああ、そうだよ」

「これからも、そうね。だったら、次の目標は何かしら？」

「……次の目標か……相撲を広めることだな」

「世界に向けて、相撲を広めるのが、あなたの夢なのね」

「神代《かみよ》の時代から、相撲はあったからな。相撲を知ることは、日本人を知ることでもある。相撲の普及だけは、やり通したい仕事だ」

「私も手伝うわ。……あなたに相撲しかないように、私にも相撲が全てなの」

「おいおい、この俺が全てじゃないのか」

「あら、そうだわね。……そして自分のためでもあるの」

「一緒に、夢を追うとするか」

「そうね、相撲を世界へ向けて普及させましょう」

英壽と優子の心は、国内外に向けて、相撲を広めたいという夢に向かって一つになった。

相撲は、日本の文化であった。伝統であった。

日本人の精神史と深い関わりがあった。


相撲の歴史を見ると、すでに『古事記』において、今の相撲に類似した「力くらべ」が行われたと記されていた。大国主命《おおくにぬしのみこと》の時代にも、国譲りの難問を、相撲によって解決した。皇極天皇は百済の使者をもてなす際に、兵士に相撲を取らせた。平安時代には、天皇は余興として相撲を主催した。

諸国が凶作に見舞われ、庶民が困窮した際に、神前において相撲を取らせ、豊作祈願の一助にした。相撲が次第に神への奉納と位置づけられ、今も神社に土俵があるのは、その名残りであった。

鎌倉時代には、神事相撲が盛んとなり、武人を育成する主要な役割を担うに至った。戦国時代になると、織田信長などは、相撲を気に入り、持て囃《はや》した。

江戸時代になり平和になると、庶民の間で普及して、相撲は娯楽の意義を持ち始めた。浮世絵や錦絵の対象となって、人々に親しまれた。

各大名の間でも、相撲は流行を見せた。

将軍が観戦する相撲を、上覧相撲と言った。

幕末に、江戸無血開城について談判した際に、江戸を焼き払おうとした西郷隆盛に対峙した山岡鉄舟は、談判の末、江戸の焼き討ちを防ぐことができた。その後、隆盛の斡旋で、鉄舟は明治天皇の侍従になった。その鉄舟に対して、明治天皇は相撲を取ろうと誘いをかけた。天皇の誘いを、鉄舟が何とか躱《かわ》した話は、今に伝わる有名な逸話となっている。

天皇がご覧になる相撲を、天覧相撲と言った。

明治、大正、昭和と時代を遡《さかのぼ》るにつれて、天覧相撲としての評価を得て、相撲熱が高まった。

やがて、日本相撲協会が発足し、国技への発展に拍車がかかり、現在に至った。

定款には、「この法人は、太古より五穀豊穣を祈り執り行われた神事（祭事）を起源とし、……相撲文化の振興と国民の心身の向上に寄与することを目的とする」と綴《つづ》られている。

第八話　コーチから監督へ

監督就任

英壽は、昭和58年（１９８３）監督に就任した。

コーチと監督とは、根本的に役割が異なっていた。

コーチの場合、監督の補佐役で良かった。サポートに徹していれば、事なきを得た。主従の関係で考えれば、主の意識ではなく、従の意識で良かった。

「今は違う」

「チームを強化し、勝つ集団に作り替えなければならない」

コーチと監督とは担うべき役割と責任が異なっていた。コーチは、あくまでも、監督に従い、補佐し、手助けする役目であった。

責任という重みを、英壽は、監督になって初めて噛みしめることとなった。

監督は、指導方法を立ち上げ、選手を集めることから始めなくてはならなかった。

選手のスカウトは、監督の重要な仕事である。

何としても、優秀な選手を集めなければならない。


しかし、どうやって優秀な選手を集めるか？　暗中模索であった。

日大相撲部の部員は、マネージャーを除いて42名から43名であった。毎年、11名前後の部員を集める必要があった。

英壽は、どんな選手を集めるべきか、目標を立てた。

一．体が締まっていて、足腰にバネがありそうなこと。

二．何かキラリと光るものを持っていること。

三．なんでもいいから、目立っていること。

英壽は、人を見る目については、自信があった。

監督になったからには、自分の目と勘を信じて、行動するしかない。いかに行動し、判断し、決定するかである。

自ら足を運んで、現地へ赴き、高校の相撲部監督や相撲部員に会うことから始めることにした。

英壽が直ぐに思い出せる力士がいた。

後の、「舞の海」であった。

舞の海の母校の青森県立木造高校を訪れた時のことである。

小さな力士が練習をしているところであった。

身長が１６５センチ前後、体重が65キロくらいの小さな力士は、足腰が強く、実に粘り強かった。体こそ小さいが、周囲にいる体の大きな力士よりも何倍も大きく見えた。

そして、実に目立つ力士であった。

「こういう子を本格的に教えたら面白いかもしれない」

英壽は、日大への進学を勧めたのである。

高校時代から目立った舞の海は、やがてプロになって、その本領を発揮した。

「平成の牛若丸」「技のデパート」と言われるほどに、多彩な技を繰り出しては、連日、大観衆を沸かせたのである。

英壽は、こんな力士にも出会った。

ある高校生の大会で、一生懸命に突っ張っているのに、ドンドン下がってゆく選手を見つけた。普通なら突っ張ったら、相手力士を後退させるはずであるが、それを知らずに自分自身が後退するという滑稽な相撲をやっていた。その選手の一生懸命さを買って、英壽は入部を許したのであった。その力士は後に出羽海部屋に入門し、小結にまでなった両国である。

誰とやっても、相手の足しか取らず、他の技は一切しない選手も入部させた。

体つきはヒョロヒョロッとして、相手に捕《つか》まるとまるでヒヨコの首をひねるように簡単にやられるが、動きにとてもスピードのある選手も入部させた。後に花籠部屋に入門して十両になった花ノ藤である。

英壽の前に、壁が立ちはだかった。

英壽は、懸命になって、部員に胸を貸して、徹底的にしごいた。稽古が辛いと、部員が音《ね》を上げるほどに稽古をつけた。

その結果、個人戦の成績は飛躍的に上がった。

しかし、団体戦の成績は、一向に上がらなかった。

実は、学生相撲界で、最も重視されるのは団体戦であった。

団体戦は、５人が戦う相撲である。

団体戦で優勝しなければ、チームの評価は上がらなかった。

団体戦で優勝出来ない理由が、英壽には分からなかった。四苦八苦するうちに、英壽の脳裏に閃いたものがあった。


「うちの力士は、同じようなタイプの力士ばかりだ」

「もっと個性のある、資質の異なる力士が必要だ」

「相撲の技は、千差万別だ。相手によって、技が異なる」

「ワンパターン化したら駄目だ」


英壽は、練習で同じ相手とばかり稽古していると、相撲そのものがワンパターン化するのに気づいた。大会になると、色々なチームから、様々な才能を持った選手が出場してくる。

タイプの違った選手との試合には、あらゆる面から対応できるような即応力と対応力を持たなくてはならない。

計算外の攻めに対して、適応出来るようでなければ相手を倒すことは出来ない。

そこで、英壽は考えた。

「吊りが得意な者、突っ張り、かち上げ、右四つ、左四つ、頭を低くして潜《もぐ》る者など、バラエティー豊かな選手を揃えよう」

英壽は、それからは、色々な特徴を持った選手のスカウトに力を入れた。

礼節を重んじる指導

優秀な選手を勧誘する一方で、英壽は相撲を通じて、選手をどう教育し、指導するかについて思い悩んだ。

稽古が大事であることはもちろんであるが、日本の古武道として発展してきた相撲の相撲道そのものに潜《ひそ》んでいる精神性を、選手に教えたいと考えていた。

相撲のマナーや礼儀について、折に触れて、英壽は選手に話した。

英壽は、こう考えていた。

「土俵は修行の場である」

「まわしを締めて、四股を踏み、土俵に上がるだけじゃ、本当の相撲じゃない」

相撲は、神事と関わる、深い流儀を守らなければならない。

土俵は、人間形成の場でもある。相撲を通じて、その人間をどう教育をするか、である。

相撲には、品性品格が求められる。優美さも求められる。品性品格は、心の在り方と深く関わる。優美さは、姿形となって表れる。プロの力士であれば、四股の踏み方に表れる。

土俵に上がった時、声をかけたくなるような美しさが全身から感じられる力士がいる。

品性品格と優美さは、力士の全身に滲《にじ》み出てくるものである。自然と湧き出してくるものである。


そこで、重要なのが「礼」である。

英壽は、礼の大切さをまず教えた。

相撲を取る前に、何故に、礼をするかを、英壽なりに考えていた。

「礼」は形だけではない。古来から伝わる「礼」には精神性が宿っている。

英壽はこう考えた。

礼の本質は、神への畏敬である。人に対する尊敬である。相手を敬う心こそ、礼の基本である。

実は、礼は集団生活や秩序を円滑に保つ潤滑油である。学生が卒業して、実社会で活動する際に大事な心構えである。

もっと言えば、産み育てた親の恩に報いるために、さらには面倒を見て貰った兄姉や先輩や年長者に報いるために必要である。

逆に、礼が失われることは、親子関係がギクシャクし、円滑な社会生活が損なわれることを意味する。職場の人間関係が崩壊し、伝統的な習慣や慣習が崩壊の憂き目にあうこととなる。

英壽は、次の言葉が好きであった。

「礼は身《み》を正す所以なり」

「礼の用《よう》は、和《わ》を貴《たつと》しと為す」

松下幸之助が重んじたのは「礼は人の道なり」であった。

礼の実践は挨拶に始まり、挨拶に終わる。相撲は、それを実践する場である。お寺の修行僧にも、それは通じていると、英壽は思った。

大相撲では、力士が土俵で「塩」を撒《ま》く。この塩を撒く行為は、「清め」に通じていた。力士は、塩を撒いて、土俵を清めるのである。そこで相撲を取るのである。聖なる土俵で勝負を決した力士は、礼をして土俵を去る。勝った者は、より高みを目指す。負けた者は、新たな挑戦をすることとなる。

礼は人生の極意である。

礼は自分を動かす。

礼は人を動かす。

英壽は、「礼は場を清め、自分を正す」と考えて、自らも率先して範を垂れた。

勝利への道――監督と戦略家・山田顕義

人間は褒《ほ》められると歓び、頑張る意欲が湧く。叱られると意気消沈する。しかし、自らの非を認めて頑張る姿勢こそ、スポーツ選手には大事である。指導者は、サジ加減に注意しながら、アメとムチを使い分けて、指導する。英壽は、自分なりにアメとムチを使い分けて、効果を上げることにした。


英壽が監督になってから、日大相撲部は優勝の常連校になった。

スカウトの方法を変え、チームの体質改善を図ったことは、劇的な効果を生み出した。

英壽が、コーチであった14年の間に、全国学生相撲選手権大会で、団体優勝したのは、たったの3回であった。

それが、７連覇を飾る栄冠に輝くことが出来たのである。これは奇跡に近かった。

常勝の日大相撲部を維持するには、大変な努力が必要であった。生半可な努力では連続優勝は無理である。

英壽は、現役時代に積んだ自分の経験を生かすことにひたすら努めた。身に染みるほどに、勝負に対する勘が、英壽には備わっていた。

英壽は、どうチームに特徴を持たせるかに苦心した。

部員は、毎年、入れ替わる。一人ひとりの顔が違うように、性格も異なる。取り組みの方法も異なれば、考え方も異なる。その一人ひとりの癖を学んでおくことは欠かせない。

英壽は、次のように考えていた。

「稽古に支障を来さない限り、大事な大会前であろうと、後であろうと、選手たちが酒を飲んだり、恋人とデートをしたりしても何の規制もしない。ストイックに自己規制して悶々としているよりも、恋人と会ったりしてパーッとストレスを発散した方がずっと人間的だ。その方が成績は上がる」

当然、そこには部員を信じる英壽の独特の哲学があった。部員にしてみれば、ガミガミ言われる方がむしろ有り難かった。何も言われないということは、信頼されていない、期待されていないということであった。

そのさじ加減に英壽は苦労した。

大きな試合を前にして、睡眠不足で試合に臨むことは出来ない。二日酔いで、試合に出場することなど言語道断である。

「勝負の神様から見捨てられたらどうなるか」

選手が一番知っているはずである。しかし、遊びたい心が最も旺盛な時期である。そのことを承知で、英壽は実はムチも用意していたのである。

タバコを吸うことは、絶対に許さなかった。喫煙は百害あって、一利なしと、英壽は考えていた。

「合宿生活は団体生活である」という原則を守らせるには、例外なく規則を周知徹底させることが重要であった。

英壽は、ムチを持って、団体生活の基本を教えることにした。

「連帯責任を負わすから、そのつもりでいるように」

「連帯責任ですか?」

「ああ、そうだ。軍隊のようだが、それも仕方がない」

規則を破った者があれば、破った張本人だけが責任を取るのではなかった。

1年生が破れば、指導役の2年生以下が対象となった。3年生が破れば4年生も、4年生が破れば全員にその時のケースに応じて連帯責任を取らせることとした。

ではどんなペナルティーが行われたか?

運動部では、罰則として、カミソリで頭髪を剃り落とし、丸坊主にすることがあったが、相撲部では、頭髪を剃り上げるのではなく、下半身の毛を剃り落としたのである。

今の世であれば、父兄から猛反発が起こるか、本人自身も非常識で野蛮な行為として問題にしかねなかった。

実は、相撲部員が自ら、このペナルティーの方法を編み出したのである。

男性部員しかいない相撲部においては、ケロッとしていた。入浴の際には、お互いに犯した罪に対するムチの自覚を再認識して、再発は防げたのである。

「こだわりを捨てて、心を自由にする」ことの大事さも、英壽自身が身をもって体験していた。

「勝負には、臨機応変に対処する」ことが大事であった。規則で縛り付け、自由を束縛しすぎると選手は育たないと、英壽は考えていた。

自由な雰囲気の中で、英壽は部員を育てようとした。厳しい稽古の中でも、普段の生活では自由に振る舞い、自由の中で自分を見つけ、自分を育てることが教育だと、英壽は考えた。

英壽は、「稽古で泣いて、試合で笑え」という信条を大事にして、部員の稽古に励んだ。

英壽が率いる日大相撲部は、連勝記録を伸ばし続けたのである。

団体戦は、心を一つにすることが大事であった。心がバラバラで、統一が取れなければ、勝負には勝てない。どの大学も、戦略を練り、部員を鍛え、優勝を目標に掲げて死に物狂いであった。

従って、団体戦に臨む部員の意識は、緊張感にあふれ、勝負に対する気迫には並々ならぬものがあった。

日大相撲部は、多くの関取を輩出した。その数字を見て、日大相撲部のことを、

「日本相撲協会の力士養成所ですね」

と、噂《うわさ》する者も現れるほどであった。

連戦連勝する日大相撲部の成果を見た日大校友が訪れて来て言った。

「凄いですね、日大相撲部の躍進ぶりは」

「………」

「山田顕義先生の戦いぶりに似ていますね」

「学祖の？」

「監督は、青森出身でしたね」

「ええ」

戊辰《ぼしん》戦争で、学祖は負け知らずの戦争を繰り広げた。英壽は、青森に滞在した学祖のことを知っていた。学祖は、今の山口県萩市の生まれであった。

「学祖の戦いぶりに似ているんですよ」

「そうかなあ！」

「ご存じでしょう？　学祖が箱館戦争に赴いた時の様子を！」

「はあ、確か、青森から箱館攻略に赴きましたね、あの時は」

「一気呵成、学祖は箱館を攻め上りました」

校友の脳裏に、連戦連勝する日大相撲部と、連戦連勝する新政府軍の動きが重なっていた。

学祖山田顕義は箱館戦争に先立ち、軍艦を率いて青森口に滞在していた。青森口は、武器の調達に便利な場所であった。

顕義は地理的にも地政学的にも軍事の要衝と考え、軍艦を青森口に停泊させたのである。

箱館戦争に赴くのに最重要な場所である青森において、顕義は陣頭指揮を執った。

箱館戦争に先立って、新政府軍に反旗を翻し、東北地方の諸藩が結成した奥羽越列藩同盟の軍隊を打ち破るべく、顕義は新潟、秋田、青森を攻撃した。

明治元年（１８６８）５月、越後方面で、山県有朋は海軍の応援を求めて来た。

その要請を受けて、顕義は第一丁卯丸に乗り込み、越後へと出航した。

７月29日、新政府軍は、陸海共同作戦で新潟を攻撃し、制圧した。

奥羽越列藩同盟は、敗色を濃くして、同盟に綻《ほころ》びが見え始めた。

９月中頃、会津、米沢、庄内、仙台藩が、新政府軍に降伏した。

10月下旬、旧幕府軍を擁する榎本武揚《たけあき》は、箱館及び五稜郭を攻略し、新政権を樹立した。

11月9日、顕義は青森口陸海参謀に任ぜられ、後に箱館侵攻に際し、陸軍兼海軍参謀に任ぜられた。

大総督府より、顕義に命令が下った。

準備を整え、春を待って、箱館攻略を開始すべきという内容であった。

明治2年（1869）4月9日、箱館攻略に向けて、顕義が率いる第一陣1500人は、乙部村に上陸し江差を攻略した。その後、顕義軍は、松前口、木古内口、二股口に分かれて進軍した。

戦闘は、箱館周辺で、激しさを増した。

箱館軍の防戦は凄まじかった。

木古内口では、幕府の歩兵奉行であった大鳥圭介が守備についていた。

二股口では、新撰組副隊長の土方歳三が、守備をしていた。

激戦となった。

二股口の戦闘では、松下村塾出身の駒井政五郎が戦死した。

新政府軍は、箱館までの迂回路を次々に攻略し、4月末には箱館に向けて進軍した。

5月11日、新政府軍は陸と海から総攻撃を開始した。

5月18日、五稜郭に立て籠もっていた榎本武揚らは降伏し、箱館戦争は終結した。

新政府軍の勝利は、陸軍兼海軍参謀であった山田顕義の活躍に負うところが大きかった。戦争終結後、箱館戦争の論功行賞が行われ、山田顕義は永世600石を賜った。顕義の功績は新政府内で高く評価されたのである。

若い山田顕義は、後に西郷隆盛から「あの小わっぱ、用兵の天才でごわす」と言われるほどで、見事な軍才から「用兵の妙、神の如し」と言われるほどの戦略家であった。顕義は、戦略に長けていた。戦略と戦術がなければ、死に物狂いの旧幕府軍を倒すことは不可能であった。

リーダーが有能であっても、戦いには勝てない。戦うのは、兵隊である。リーダーの指揮の下に、組織的かつ戦術的に、相手の裏を読み、攻め落とすまで果敢に戦うのが戦争である。

校友の一人は、勇猛果敢に戦う山田顕義の姿を、連戦連勝する英壽の姿に重ねたのである。

その校友は、叫ぶように言った。

「山田顕義先生の師は、あの吉田松陰先生です」

「吉田松陰先生の教えを学んだんです、山田先生は」

「そして、明治の三傑（英雄）の一人であり、剣道の免許皆伝の腕前を持つ木戸孝允の薫陶を、先生は受けました」

「何と言っても、大村益次郎との出会いこそ、大事ではないでしょうか……西洋の兵法を学んだ大村益次郎から、新しい時代に相応しい戦略を学び、身につけ、それを戊辰戦争で用いたのです。箱館戦争の勝利は先人の知恵を学んだ結果です」

「日本大学の精神は、先人たちの知恵と経験に基づいています」

その校友は、日本大学の進取に富んだ知見と創造性と精神が、学祖山田顕義先生の生き方から来ていることは間違いないと強調した。

男児一生の仕事は、「事を成すにあり」とも、誇らしげに語った。

信頼は勝利の素

英壽が監督になってから、日大相撲部は優勝の常連校になった。その背後には、英壽の相撲部員に対する熱い思いがあった。

部員は、監督を信頼した。

この「信頼」という二文字を、英壽は大切にした。

信頼は、監督と部員との関係においてばかりでなく、部員間においても大事であると、英壽は考えた。

「自分たちでやれるぞ」

「きっと、勝てるぞ」

部員たちは、自信を持った。

それは、部員同士がお互いに、心を通い合わせ、優勝に向かって、ドラマを作れるという気運が生まれた証拠である。

英壽は、その場の雰囲気を作り出せさえすれば、後は部員に任せるべきだと考えていた。

実際に、戦略を伝えたら、後は部員に任せた。


信頼は勝利の気付け薬である。

一瞬が勝負である。勝利の瞬間に向けて、部員全員は一丸となった。

その一瞬に賭ける勝利のために、英壽は部員の個性を磨いた。

英壽は、部員同士の信頼が、稽古でどう育ち、どう醸成されているか常に観察することにした。

部員は、稽古に励んだ。その稽古の最中において、部員たちは、相手の取り口をよく観察し、そこから、それぞれが何かを学んでいるふうであった。

「信頼は、稽古によって作られる」

「目標に向かう部員の心は、信頼関係で成り立っている」


ある時、英壽はインタビューで答えたことがあった。

「相撲部屋の管理は、会社経営と同じじゃないですかね」

「大局観を持つことが、まず大事です」

「大局観さえはっきり示せば、後はマネージャーが小さなポイントを押さえてくれます。戦略は細部にあるから、任せるところは任せるようにしています」

「部員たちは、私がいちいち細かいことを言わなくても、分かっているはずです」


信頼関係がなく、仲間意識が希薄であれば、勝負には勝てない。

「人生は負けたらお仕舞いだ」

「相撲だって同じだ。お前たちの勝負は一瞬で片がつく」

実際、相撲は一瞬で勝負がつくことがよくあった。土俵の上は常に、真剣勝負の世界であった。

土俵は一辺が6・7メートルの正方形に土を盛って出来ている。中央に直径4・55メートルの縁が俵で作られており、その円の東西南北4ヶ所に徳俵と呼ばれる俵一つ分の出っ張りが設けられている。大相撲でも、小学生や高校生の相撲でも土俵のサイズは同じである。

その土俵で、どう勝つかであった。


「ケンカと思って戦え」

「オレが、そのケンカの仕方を教えてやる」

英壽は心で叫んだが、口には出さなかった。

「どう戦うか。どう勝つか」

「リスク（危機）を、どうコントロールするか」

部員がそれぞれに考え、状況に応じて判断するしかなかった。

日本の古武道や古武術は、一瞬が勝負である。空手も柔道も剣道も、隙を見せたら、一瞬で勝負が決してしまう。

相撲も同じであった。

稽古でもって、それを学ぶしかなかった。

稽古を疎《おろそ》かにした者は、どんなに有能であっても、やがては消え去る運命にあった。

「生きていく上で、相撲をどう捉えるか」

考え方は、人それぞれであった。

「覚悟を決めたら、自信を持って最後までやり通せ」

土俵での勝負は一瞬で決まるが、長い人生は竹のように、しなやかに美しく、誰の目から見ても魅力的であることが求められた。

心掛けたこと ―― 監督としての判断

人間は千差万別である。選手の個性も、十人十色である。

英壽が苦しんだのは、部員の心をどう読むかであった。体は外から見えるから体調のことは分かる。目に見えないのが、心である。

「おい、大丈夫か？」

「はい、大丈夫です！」

試合が近くなると、部員は張り切る。試合に出場したいから、どうしても無理をして稽古に励みがちとなる。

英壽が、最も注意したのは、部員の怪我や病気であった。

人間の体には、限界がある。しかし、それを隠してまでも出場したがるのが、選手根性である。

確かに、スタミナには、個人差がある。いくら稽古をしても、超人かと思えるほどに、平然としている選手もいれば、ゼーゼーと荒い息を吐いている選手もいる。

大会が近づくと、レギュラー争いは熾烈《しれつ》を極める。普段は仲良しでも、相手を蹴落とすくらいの気迫がないと、出場出来ない。

何としても、監督の目に止まるような稽古を見せなければならない。

怪我は体力の限界を超えた時に、起こりやすい。反射神経が鈍るからである。

「おい、それくらいで止めとけ」

「いや、頑張ります。もう一番、お願いします」

英壽には、選手の気持ちが痛いほどに理解出来た。

しかし、判断を間違えたら、取り返しのつかない事態となる。英壽は、自らの現役生活で、右膝に大きな怪我を負った。あの苦しみは、部員には経験させたくなかった。

「監督としての判断が問われるのは、この時だ」

「無理はいけない、絶対に」

頭では、分かっていた

「じゃ、最後の一番だぞ。いいか」

「はい。お願いします」

その選手は、思い切りぶつかってきた。

ラスト一番と声をかけた、その選手が怪我をしてしまったのである。

大会が近づくと、力が入ってくる。監督にも、熱が入る。

選手の怪我や病気への配慮が大事だと思いつつ、失敗は思わぬ時にやって来た。

英壽は、部員が稽古する姿を見る度に、心で叫んだ。

「自分の二の舞はさせたくない」

「怪我に泣く姿は惨めだぞ」

英壽は、マネージャーにも観察の目を緩めないように注意していた。マネージャーは、英壽以上に合宿所内において、部員の日々の面倒を見ていた。部員の健康や体の状態を知るのに、監督である自分とは別の目を持っていた。その報告や情報が、英壽には大助かりであった。

英壽は、部員に日記をつけさせたり、日々の生活について記録を残すように伝えた。何か、心配ごとや、気になることがあれば、早めに連絡するように指示した。心の悩みは目に見えない。事前に、申し出てくれれば、対応を急ぐことが出来る。日大に入学し、相撲部に入部した時から、英壽は部員の癖や特徴を見てきたつもりであった。

監督と部員の信頼の絆も、普段から監督が部員に声をかけているか否かによって決まる。稽古だけが、監督の仕事ではなかった。部員たちから、自己申告する方法も取り入れた。合宿生活は、様々な束縛を受ける。その中での、青春時代であるから、悩みがあって当たり前であった。

監督と部員の関係は、普段の付き合いから生まれた。稽古だけではなく、何気ない会話の中から、信頼関係が深まると、英壽は考えた。

通りすがりに、英壽は声をかけた。

「たまには、両親に電話をしているか」

「お前は、歌が上手いな。また聞かせてくれよ」

「悩みがあったら、いつでも来いよな」

部員の緊張が解《ほぐ》れるのは、この瞬間であった。

土俵での激しい稽古が終われば、のどかで、楽しく、愉快な生活が大事だと考え、英壽は部員たちを連れて、酒を飲みに出かけた。食事に誘ったりもした。


部員をカラオケに連れて行ったこともあった。故郷の歌を歌う部員たちの表情は幸せそのものであった。

「カラオケは、ホームシックの気付け薬だ」

「心を開く世界の窓口だ」

「個性が垣間見える瞬間だ」

演歌を好む者、民謡を歌い上げる者。時には、歌手を職業にした方が成功するのではないかと思えるほどの美声の持ち主がいた。

部員たちは自慢の喉《のど》をお互いに披露した。歌い終わると、皆は拍手喝采した。

仲間意識が芽生えるのも、日常のこうしたことからであった。

家族愛に満ちた合宿所生活

合宿所は、家庭のように過ごせる場所であることを、英壽は心掛けた。

優子には、母親の役割を果たして貰った。

自分は、父親の役割を演じようと、英壽は心に決めた。

「どんな母であり、父であるか」

「厳しい家庭を作ろうか」

「部員が怪我をしたり、病気になったりしないような家庭的雰囲気を作ろう」

様々な思いが、英壽の脳裏をよぎった。

「そうだ、家族愛に満ちた雰囲気を目指そう」

優子も英壽の考えに賛成してくれた。

「何でも相談できる環境を作ろう」

「教え子も、気軽に立ち寄れるようにしよう」

合宿所には、様々な地域からの出身者が集まっていた。様々な家庭環境を持つ者の集まりであった。きめ細かい配慮が求められた。

部員には、卒業してから、企業に勤めたり、公務員や教師になる者もいた。自営業をしながら、相撲を教える者もあった。

大相撲で活躍する力士が目立ち始めた。

プロの世界は、想像するよりも厳しい世界であった。そのことを、英壽は知っていた。相撲部屋に入れば、親方は一日でも早く、番付に載り、土俵に上がることを期待した。相撲部屋の経営は、力士の活躍に負っていたからである。

力士の番付の順位は、関取では横綱、大関、関脇、小結、前頭、十両と並ぶ。人数にも決まりがある。力士養成員には、幕下、三段目、序二段、序ノ口、番付外と並んでいる。場所の成績によって、地位や序列が決まった。毎場所後に行われる番付編成会議で地位が確定し、地位は絶えず上下する。上下の陥落のないのは、横綱だけである。

番付表を見て、力士は一喜一憂した。

番付は生き物であった。力士は決定された番付に異義を唱えることは出来なかった。休場は負けと見なされ、全休の場合は全敗よりも低い成績という扱いを受けた。関脇以下の力士の場合、全休力士は全敗力士より下位に落とされることがあった。

無理を承知で出場し、再起不能となった力士は数知れなかった。怪我や病気は、力士にとって、致命的となるケースもあった。

相撲部屋の親方は、人によって異なるが、怪我や病気に泣く力士について、回復までじっと我慢をする場合もあれば、自己責任として処置する場合もあった。

下位の力士は、通院を余儀なくされた。

不安を抱えた力士は、家族愛に満ちた合宿所を訪問することがあった。そんな時には、英壽は力士を優子夫人の経営する「ちゃんこ田中」へ連れて行き、腹一杯になるまで食事をさせた。

帰りには、そっと小遣いを持たせてやったこともあった。

通院するには、費用がかかった。

そのことは、英壽自身が身をもって、一番よく知っていた。

新部員が入部すると、英壽は基本から教えた。礼儀作法もその一つであったが、英壽自身が著わした『相撲　上達への道』（桐原書店）にあるように、練習の心得、まわしの締め方、基礎運動、四股の踏み方、伸脚、腰割り、鉄砲、運び足、申し合い、三番げいこ、ぶつかりげいこ、などと基本を教えた。

相撲の基本の話が終わったら、相撲の稽古場の話となる。

稽古場は、中央に土俵があり、片隅に鉄砲柱、その横に鏡が取り付けてあった。壁には、監督、コーチ、現役選手、ＯＢの木札がかかっていた。壁の周囲には、各大会での表彰状、優勝した選手の写真や額縁がかかっていた。

そして、「ちゃんこ料理」を皆で食べるのである。ちゃんこ鍋には、魚や季節の野菜、豚肉、鶏肉、豆腐、油揚げ、などを入れた。部員は、すごい食欲で、ちゃんこ鍋はたちまち平らげられた。その他に、「水たき」や「ソップだき」「味噌だき」など、日々、ちゃんこ番は腕を振るったのである。

稽古は、腕の使い方、あごの使い方、頭のつけ方、手首の使い方、腰の使い方、肩の使い方、膝の使い方、しきりの順序、差し手の決め方や返し方、まわしの切り方などを教えた。

これらが終わると、立ち合いの種類を、英壽は体を張って教えた。突っ張り、頭突き、のど輪、体当たり、カチあげ、などを指導した。

昔から、相撲には四十八手があると言われている。

「いいか、自分の得意技を身につけることが、まずは大事だ」

「それだけじゃ勝てない。咄嗟《とっさ》の判断で、相手の出方を読み取って、技を仕掛けることを心掛けろ」

「相手もこっちの出方を読んで仕掛けて来る。勝負に勝つには基本を守りつつ、相手に勝る技を使うことだ」

「一瞬の判断で、勝負は決まるから、自分に有利な攻め方を学ぶことだ」

英壽は、技の種類を教えた。

肩すかし、首ひねり、け返し、けたぐり、小手投げ、下手投げ、下手ひねり、すくい投げ、すそ払い、外掛け、出し投げ、つり落とし、つり出し、はたき込み、引き落とし、巻き落とし、やぐら投げなど、少しずつ部員に指導した。

「河津掛けって知っているか」

「……？」

部員は黙っていた。

「源頼朝は知っているか」

「はい！」

「頼朝が伊豆に配流となったことは？」

「はい、高校の日本史で学びました」

「そうか。伊豆の伊東に流された際に、頼朝を預かった伊東祐親《すけちか》は、頼朝を元気づけようとして巻狩りを開催したんだ。伊豆、駿河、相模から多くの武士が集まり、巻狩りを楽しんだ。……その後で、武士たちに相撲を取らせた。……その時、俣野五郎という武士が強く、誰も太刀打ち出来なかった。そこへ、祐親の長男の河津三郎祐泰《すけやす》が名乗りを上げ、俣野五郎と戦ったんだ」

「どっちが勝ったと思う？」

「さあ？」

「河津三郎祐泰が勝ったんだ。どんな技で勝ったと思う？」

「河津掛け……ですか？」

「その通り！　河津掛けだ。鎌倉時代には、武士たちの間で、相撲が嗜《たしな》みとして、盛んに行われたんだ。……相撲の歴史は古いだろう」

「凄いですね」

「一千年も前から、盛んだったんだ、相撲は。武士の嗜みである相撲を、是非、皆も受けついで欲しい。頼むぞ」

英壽は、相撲が歴史と深い繋がりがあることを、教え子に知って欲しいと思った。


その後、土地争いで、伊東祐親は工藤祐経《すけつね》に狙われる羽目となった。祐経が遣わした刺客が放った弓矢が祐親でなく、長男祐泰に当たり、祐泰は落命することとなった。後に祐泰の子供、曽我五郎と十郎が工藤祐経を親の敵として付け狙い、仇を討つことに成功したのである。

曽我五郎と十郎の話の発端は、伊東にあり、日本三大仇討の一つと数えられるような歴史的背景となっている。

伊東には、東林寺という寺があった。伊東祐親が我が子河津三郎祐泰の菩提を弔うために創建した寺であった。そこには、「河津掛け」の銘を刻む碑があり、時の横綱がお参りするほどに有名であった。


英壽は改めて、自分に言い聞かせた。

「相撲を通して、部員の教養を深めることが大事だ」

「そして、部員の個性を伸ばそう」

「才能を引き出し、豊かな人間性を育むことこそ、相撲の精神に通じる」

英壽は、文武両道の精神を大切にして、稽古をつけようと考えた。

第九話　忘れられぬ教え子たち

英壽の勝負論は、教え子たちに染みついた。
英壽の「玉磨かざれば光なし」の信条は功を奏した。
教え子たちは、現在の相撲の世界を背負っているとも言えた。
目を閉じれば、胸を貸して鍛えた、後輩や教え子たちの活躍が浮かんできた。

横綱
・輪島大士　昭和45年（1970）卒
大関
・琴光喜啓司　平成11年（1999）卒
関脇
・荒勢永英　昭和47年（1972）卒

・出羽の花義貴　昭和49年（1974）卒
・栃司哲史　昭和56年（1981）卒
・追風海直飛人　平成10年（1998）卒

小結

・両国梶之助　昭和60年（1985）卒
・智ノ花伸哉　昭和62年（1987）卒
・大翔鳳昌巳　平成2年（1990）卒
・舞の海秀平　平成2年（1990）卒
・濱ノ嶋啓志　平成4年（1992）卒
・海鵬涼至　平成8年（1996）卒
・高見盛精彦　平成11年（1999）卒
・普天王水　平成15年（2003）卒
・豊真将紀行　平成16年（2004）中退
・常幸龍貴之　平成23年（2011）卒（現役）
・遠藤聖大　平成25年（2013）卒（現役）

前頭

- 大ノ海敬士　昭和50年（1975）卒
- 久島海啓太　昭和63年（1988）卒
- 大翔山直樹　平成元年（1989）卒
- 肥後ノ海直哉　平成4年（1992）卒
- 大日ノ出崇揚　平成4年（1992）卒
- 皇司信秀　平成5年（1993）卒
- 燁司大　平成8年（1996）卒
- 濵錦竜郎　平成11年（1999）卒
- 里山浩作　平成16年（2004）卒
- 境澤賢一　平成18年（2006）卒
- 市原孝行　平成19年（2007）卒
- 山本山龍太　平成19年（2007）卒
- 天鎧鵬貴由輝　平成19年（2007）卒
- 明瀬山光彦　平成20年（2008）卒（現役）
- 大喜鵬将大　平成24年（2012）卒

●英乃海拓也　平成24年（2012）卒（現役）
●石浦将勝　平成24年（2012）卒（現役）
●大翔丸翔伍　平成26年（2014）卒（現役）
●剣翔桃太郎　平成26年（2014）卒（現役）
●大奄美元規　平成27年（2015）卒（現役）
●翔猿正也　平成27年（2015）卒（現役）

十両

●花嵐一美　昭和55年（1980）卒
●花ノ藤昭三　昭和56年（1981）卒
●大倭東洋　平成5年（1993）卒
●北勝光康仁　平成7年（1995）卒
●増健亘志　平成8年（1996）卒
●出羽平真一　平成9年（1997）卒
●北勝岩治　平成9年（1997）卒
●大翔大豪志　平成10年（1998）卒
●白乃波寿洋　平成16年（2004）卒

- 大翔湖友樹　　平成19年（２００７）卒
- 希善龍貴司　　平成20年（２００８）卒
- 翔猿正也　　平成27年（２０１５）卒（現役）
- 美ノ海義久　　平成28年（２０１６）卒（現役）
- 水戸龍聖之　　平成29年（２０１７）卒（現役）
- 木崎海伸之助　　平成30年（２０１８）卒

教え子たちは、全国に散らばっていた。教員になる者、市役所や県庁に勤める者、企業に勤めても、相撲との縁は続いた。

その教え子たちが、様々な情報を英壽に与えた。英壽は、その情報を受け身で待つのではなく、第六感を働かせては、「これは物になりそうだ」と思ったら、日本全国津々浦々に出かけて行った。そのフットワークの良さと、スピードはまるで立ち合いを見るようであった。

「勝負に勝つ」

「スポーツも企業経営も同じである」

「一瞬が勝負である」

英壽は小まめに情報を集めた。

たとえ、勝負に負けても、観客が惜しみない拍手を送るような力士になって欲しいと、英壽は常に願って指導した。

勝負に勝つ稽古をつけることに集中した。

しかし、相撲はそれだけではない。

「相撲は伝統芸である」

「だから、神代の時代から継承されてきた」

相撲は、日本人の精神美を象徴する。

「だから、奉納相撲として神社で執り行われた」

受け継がれ、語り継がれてこそ、美は普遍的となる。

「勝ち負けも大事であるが、演武として認められて初めて、人々の心を打つ」

絶えず自分を高めようとする姿勢こそ、相撲の精神である。

英壽にとって、相撲は自分を耕す宇宙であった。

『土俵は円　人生は縁』は、英壽が行き着いた境地であった。

小さな土俵の上で、相撲は執り行われる。

そこには、育て、育てられ、伝統となった日本美がある。

「心の姿が大事にされ、洗練が重んじられる」

心の在り様が大切となり、そこに、日本人の心の境涯が生まれた。

英壽は、相撲を教えながら、自分で自分のことを学んでいる気がした。稽古は、自分と向き合う瞬間だと感じた。

久嶋啓太（後の田子ノ浦親方）——日本一の高校生出現

「監督さん、久嶋が来ました」

「おお、そうか。来たか」

久嶋啓太が、日大相撲部に姿を現したのである。

相撲部員が声を上げながら、久嶋を出迎えた。

昭和59年（１９８４）の春のことである。

久嶋は、和歌山県立新宮高校へ進学した。その時、すでに１８６センチ、体重１６０キロという体格であった。１年生から3年生まで3年連続で全国高等学校相撲選手権大会で優勝を果たしていた。３年次には全日本相撲選手権大会で優勝し、史上初となる高校生としてのアマチュア横綱のタイトルを獲得していたのである。

その久嶋が、並居るプロの執拗な勧誘を振り切って、日本大学経済学部に入学し、日大相撲部に入部してきたのである。

久嶋を見て、相撲部員たちは口々にささやいた。

「あれが、噂の久嶋か」

「初々《ういうい》しい顔をしているな」

「強豪の大学相撲部員や社会人選手を打ち負かして優勝した、あの久嶋が。あれが、あれか」

後にも先にも、高校生でアマチュア横綱になったのは、久嶋しかいなかった。

「田中監督を見込んだんです」

「久嶋くんを、お願いします」

新宮高校の相撲部監督の声が、英壽の耳によみがえった。


「よく、来てくれた」

「久嶋と申します」

「日大を選んでくれて、本当に嬉しい。君は、すでに日本一だから、これからも精進して、さらなる飛躍を遂げて欲しい。君なら出来るはずだ」

「はい、頑張ります。ご指導をよろしくお願いします」

「まずは、一刻でも早く、合宿生活に慣れることだな。練習のメニューは考えているから、是非、頑張るように」

英壽の目の前に、アマチュア相撲横綱の久嶋の堂々とした姿があった。この時の久嶋の身長は188センチ、体重は170キロを超えていた。見るからに、体格といい、迫力といい、並外れた素質を持っていると分かった。


英壽は、マネージャーとキャプテンを呼び寄せた。

「久嶋のことは、怪我をさせないように、面倒を頼んだぞ」

久嶋が日本一であるだけに、英壽がどう久嶋を育て上げるかにプロや専門家の注目が集まっていた。もしも、成績が振るわなければ、自分が物笑いになるはずであった。

英壽は、日々の練習の中で、久嶋の欠点を見つけた。

久嶋の強さは、体力を生かした立ち合いとパワーだけであった。技と言えるものがまるでなかった。

英壽は、直ぐに分析した。

「大学生や社会人は、久嶋の攻略方法を全く研究していなかった」

「高校生だからと思い、甘く見てしまった」

「頭をつけるような相撲を取らずに、久嶋のパワーをもろに受けてしまい、慌てふためいている間に、そのまま持っていかれて、敗北を喫した」

高校と大学とは、その練習方法において違う。

困ったことに、久嶋はスタミナが全くなかった。

稽古となると、数をこなさなければならない。これは強くなるための必須条件であった。ところが、一日に10番前後の相撲を取ると、息が切れてゼーゼーと肩で激しく息をする始末であった。

「おい、久嶋の立ち合いの出足を止めてかかれ！」

英壽は、部員の一人に、そっとささやいた。

その部員は、英壽の指示通りの相撲を取った。すると、たちまち、久嶋は敗れ去ったのである。

英壽は、久嶋の弱点を見抜いた。

英壽は、苦慮した。

久嶋は、レギュラーの中でも、実力を持った有望な力士の一人である。あまり久嶋を打ち負かしてしまうと、自信を喪失してしまう。そうなると、試合では勝ち進めない。

英壽は、久嶋の長所と短所を完全に把握すると、スペシャル・メニューを作って、久嶋を鍛えることにした。

スペシャル・メニューとは、スタミナをつける練習を中心にやらせ、久嶋の短所を知った部員とは稽古をさせなかった。

試合が近づくと、格下の部員と相撲を取らせた。二軍や三軍の部員と相撲を取らせると、久嶋は、ポンポン、バッタバッタと、部員を面白いほどに弾《はじ》き飛ばした。

「監督、大丈夫ですかね、久嶋は」

「見ていろ、彼奴《あいつ》ならやれる」

心配顔のマネージャーに向かって、英壽は言った。

この方法は、見事に実を結んだ。

久嶋は1年生の時、2年連続で、全日本相撲選手権に優勝した。1年生から3年連続で、全国学生相撲選手権大会で優勝を飾り、全部で28個のタイトルを手にした。

ところが、困ったことが英壽を襲った。

連勝を続ける日大相撲部の監督として、優勝の歓びに酔いしれているわけにはいかなかった。

久嶋が4年生の時である。日大相撲部のキャプテンである久嶋は史上初の4連覇なるかという試練に立たされたのである。この注目すべき大会は、日大疾風が吹き荒れて、ベスト4に、久嶋をはじめ、日大勢ばかりが残ってしまったのである。

英壽は、内心、嬉しさ半分、戸惑い半分の境地であった。

英壽は、ただ一言、檄《げき》を飛ばした。

「誰が優勝しようが、同じチームメイトだ。稽古のつもりで、遠慮なんかせず、思い切ってやれ」

英壽は、何とも奇妙な気持ちであった。

「迂闊《うかつ》なアドバイスは出来ない」

「彼奴の弱点はここだから、こう攻めろ」

とは言えない。英壽は、選手それぞれの戦い方を見るしかなかった。

久嶋が硬くなっているのが、英壽の目に映った。

実際に、久嶋の顔面には、緊張感が漂っていた。キャプテンとしての風格と連続優勝を遂げたという実績は、本来、他の部員の誰よりも優勢であったはずである。

威圧感は、土俵に立つと、漲《みなぎ》っていた。

英壽が、恐れていたことが起こった。

「相手に、心を読まれているな」

「短所を隠そうとして、平常心を失っているな」

英壽の予測は、的中した。

久嶋の大会4連覇の夢は、潰《つい》え去ってしまったのである。

久嶋は、短所長所を知られていない相手には無敵であったが、攻略法を熟知された相手には弱かった。


その後も、英壽は久嶋を観察し続けた。

久嶋は、最終学年で、タイトル数ががくんと減った。

大相撲に入門した後も、三役に一度もなれなかったのである。

英壽は、思った。

「彼奴は稽古嫌いだった」

「監督の目を盗んで、稽古をサボることがあった」

英壽の信条は、自身の相撲道に照らして、常に教え子に伝えていた。「玉磨かざれば光なし」という諺は、英壽自身が肝に銘じた教えであった。

久嶋は、三役になれる力士であった。その潜在力も才能も持ち合わせていると、英壽は読んでいた。

どんなに良い親方に恵まれても、可能性と潜在性を備えていても、最後は力士自身の努力に負うところが大きい。そこにおいては、どんな師匠も監督も立ち入れなかった。

「努力が大事である」

とは、誰でも言えた。

努力するか否かは、本人次第であった。

英壽は、久嶋という逸材に巡り会えたことを心から喜んだ。

久嶋の才能が、ピカ一であることには変わりはなかった。日大相撲部の栄光とその躍進に貢献した稀有な存在であった。

人はそれぞれである。

英壽は、相撲道を通じて、教育の重要性を常に口にした。

大学を卒業して、実社会で活躍する教え子の将来を念頭に置いて指導した。

「土俵は、たった一辺が6・7メートルの正方形に土を盛られ、その中央に4・55メートルの円で作られた世界である」

「そこで、力士たちは命を賭した戦いを繰り広げる」

「ところが、人生は無限大である」

「人生に、土俵はない」

何かあった時の、咄嗟の反応や対応が求められる。判断と決断を間違えば、大変な事態が起こりうる。

そこで、英壽は考えた。

団体戦では統一が取れず、モタモタしていれば、組織はガタガタになる。試合に遅れれば、出場停止となる。

合宿生活もそうだが、地方への合宿で移動する際に、約束時間に遅れたり、約束事を守らなかったりする部員が必ず出てくる。団体生活であれば、規則を守らなければならない。それをマネージャー一人に任せるわけにはいかない。

電車やバスの出発時間の前に、食事を済ませる場合、部員はてきぱきと行動することが求められる。ダラダラしていたら、出発に遅れてしまう。中には、無駄話をしていて、時間に間に合わなくなる連中も出る。

その際、英壽は、食事を済ませた部員と一緒に、先に食堂を出てしまうのである。会計は後の者が支払うと告げて退散すれば、後に残された者は、悲鳴を上げつつ全員の分を支払う羽目となる。

団体行動は、教育の一環である。

日大相撲部の強さは、団体生活において、規則を守ることを義務付けている点にあると、英壽は考えていた。社会に出たら、自分勝手な振る舞いは許されない。団体競技であれば、「和」を重んじることを肝に銘じて常に教え諭《さと》した。

舞の海——相撲魂に生きる

相撲は、ガチンコの勝負である。

猛者どもの鋭い立ち合いで、鼻血を出したり、骨折することもあるほどの真剣勝負である。

しかし、柳のように麗《うるわ》しく、竹のようにしなやかなのが、相撲の一面である。

バラの花のように香り高く、ヒマワリの花のように凛々《りり》しいのが相撲である。小が大を制する相撲に、観客は惜しみない拍手を送る。そこにこそ、相撲が本来持っている、技の醍醐味がある。

一寸法師が、大男を打ち負かす様子に似ている。誰が見ても、負けると思われる小男が、大型力士を打ち破る様は、感動そのものである。相手の力を利用し、隙を見つけて、得意技を仕掛ける様子を見ていて、老若男女は大喜びする。

英壽は、スカウトで訪れた青森の木造高校相撲部で出会った、長尾秀平《ながおしゅうへい》（後の、舞の海秀平）が日大相撲部に入部したことを喜んだ。

舞の海（長尾秀平）は、昭和43年（１９６８）生まれであった。青森県西津軽郡鰺ヶ沢町舞戸町の出身で、英壽と同じ青森県立木造高等学校を卒業した。身長１７１センチ、体重１０１キロであった。相撲取りとしては小兵《こひょう》で、言わば、将来性は未知数であった。

しかし、英壽は、左利きの舞の海の、並外れた敏捷性と相撲勘の良さに惚れ込んでいた。左差し、下手投げ、内無双、切り返しが、得意手であった。

出会いは、宝である。真珠である。

舞の海が、英壽と同じ青森出身であり、津軽弁を喋ることから、石川啄木の気持ちになって、津軽弁を喋る機会に恵まれた。何と言っても、故郷は有り難い。体に染みついた方言は、心を癒やしてくれた。

舞の海の性格は、純朴そのものである。それがまた、英壽には有り難かった。照れ屋であり、青森の春の陽気のように、爽《さわ》やかであった。ところが、稽古となると、我慢強かった。日本海の荒波を見て育ち、約半年間は雪に閉じ込められる風土に鍛えられた根性の持ち主だけに、見かけとは違っていた。小兵でありながら、大男を相手に勝つことが多かった。

英壽は、舞の海がプロに進みたいと考えていることはうすうすとは感じていた。

「プロに入門したい」

舞の海は、絶対に口にはしなかった。

もし口にしたら、英壽は叱り飛ばすはずであった。

「お前なんか、その顔じゃない」

この場合の「顔」とは、素質や力がないという意味であった。

プロの世界は、アマの世界とは違っていた。アマの世界であれば、教育や指導の観点から、監督は手心を加えた判断をする。勝ち負けを優先せずに、部員たちの将来を考えた戦略を立てて、時間をかけて育てることが可能である。

プロでは、甘えは一切許されなかった。常に最善の状態を保ち、かつ最高の努力を払い、至高の成果を出すことが至上命令であった。

自分の体に対する管理や目配りは、自分自身でキッチリとしていなければならなかった。他者に依存することは一切許されない。

もし、怪我や病気で、休場したり、第一線を退くようなことがあれば、復帰することは容易ではなかった。極端な言い方であるが、上位力士が脱落すれば、下位の力士にとって、願ってもないチャンスというのが、プロの世界であった。

舞の海が、4年になった7月のことである。卒業後も相撲を続けたいと考えていた彼が英壽の元にやって来た。

舞の海は、山形県の教員試験（社会科）を受験していたのである。

「監督、内定しました」

「おお、それは良かった」

「ありがとう御座います」

「いい先生になれよ」

英壽は、心から祝福した。


ところが、平成2年（1990）1月4日、悪夢のような知らせが英壽の元に届いた。舞の海より3年後輩の成田春樹が急逝したのである。

成田春樹は、青森県生まれ、弘前実業高校の出身で、日大相撲部に所属していた。高校2年と3年の時、全国高等学校相撲選手権大会の個人戦で、優勝し、高校横綱となっていた。

身長191センチ、体重150キロという体格と体つきは、英壽が惚れ惚れとするほどであった。体格といい、稽古ぶりといい、どれを取っても超一級であった。

英壽は、成田に惚れ込んだ。

「プロへ行って大成するのは、こういう逸材じゃないかな」

その成田が、合宿所で急死したのである。子供のいない英壽夫婦にとって、成田の死は、我が子を失ったと同じようにショックであった。

後輩の成田の死は、舞の海においても同様であった。成田の死を無駄にしたくないと、舞の海は真剣に考えるようになった。

英壽は、舞の海の気持ちを密かに読み取った。

「人間まさに一寸先は闇だ。成田のような人間までもこんなになるんだから、生きているうちに何でも思い切ってやることだ。周囲に気兼ねしていたら、きっと後悔する」

英壽は、舞の海だけではなく、部員の全員に、正直な気持ちを伝えた。


成田の野辺送りが済んで、しばらくした日のことであった。

舞の海が、英壽のところにやって来た。

その目つきと、表情には緊張感が漲り、切迫感すら漂っていた。

「監督、やっぱりプロに入りたいです」

「何！　プロになりたい？」

「はい。男、一生の決意です」

「止めとけ。プロはそんなに甘いもんじゃないぞ」

「監督！」

「第一、どうやって新弟子審査に合格するつもりなんだ。プロになるには、身長が１７３センチ以上でなければ駄目だ。お前は１７０センチそこそこじゃないか」

英壽は、あえて冷たく言い放った。

舞の海は、覚悟が出来ているふうであった。目は据わっていた。おどおどするどころか、必死の気持ちが体全体から滲み出ていた。

「とにかく、考えていることがあります」

「考えていることがある？」

「はい……」

「家の人だって、反対だろう。せっかく就職先が決まったんだぞ」

「お願いします。やらせて下さい」

舞の海は、ビクともしなかった。目つきには、鬼気迫るものがあった。

「よし、分かった。そんなに新弟子審査を受けたいのなら、出羽海部屋に話をつけてやるから、やるだけのことはやってみろ。ただし、山形の教育委員会には自分で断ってこいよ」

「はい。分かりました。我《わ》が儘《まま》を言ってすみません」

予想通り、新弟子審査に合格した83人の中に、舞の海の名前はなかった。

舞の海の身長が、規定である１７３センチより低いことを、相撲協会の関係者は知っていた。

就職を断り、親の反対を押し切って新弟子審査を受けた舞の海のショックは激烈であった。

舞の海は、泣きながら、英壽に結果の報告をした。

「なっ、やっぱりダメだったろう。世の中は、そう甘くないんだ」

「監督！」

「諦めろ。なっ」

英壽は、今なら、山形県の教員に戻れると考え、舞の海を諭した。

しかし、舞の海の表情から、諦めの気持ちは少しも見えなかった。むしろ、牙《きば》を剥くような表情をして、英壽を見つめた。

「厭です！」

「厭！」

「次の夏場所も、新弟子検査を受けます」

「何度、受けたって落ちるよ。1ヶ月や2ヶ月で、3センチも4センチも伸びるワケがないんだから」

「いい方法があります」

「どうするんだ?」

「シリコンを注入します」

「シリコン?」

「はい、ですから、合格するまで、合宿所に置いて下さい。お願いします」

「置くのはいいけど、シリコンを注入して、大丈夫か」

「ずっと前、監督さんが背丈の低い奴は、シリコンを注入して頑張った奴がいると教えて下さったじゃないですか。元大関の大受の頭が異常にトンガっているのは、そのせいだと、確か仰《おつしや》いました」

英壽は、言葉に詰まった。実は、そんな話をしたことを忘れていたのである。

「本気でやるつもりか」

「冗談に見えますか。本気ですよ。もう決心しました。気持ちを変えるつもりは、毛頭ありません」

英壽は、舞の海の顔をじっと見つめた。覚悟の出来た男の表情は、死を覚悟した武士のように、梃子《てこ》でも動かない気迫が滲み出ていた。

「分かった、分かった」

英壽は、舞の海の決意に、シャッポを脱いだ。

英壽は、舞の海の決意のほどを読み取った。

「成田は大学を卒業したら、プロに入って歴史に残るような力士になってやると言っていた。さぞ、悔しいだろうなあ。やっぱり人間は、やれる時に思い切ってやらなくちゃ。どこまでやれるか、分からないけど、俺が成田の代わりにプロに行って頑張る」

成田が死ななかったら、舞の海は山形県の高校教師の職を蹴飛ばすこともなかったと、英壽は想像した。


シリコン注入というのは、とても苛酷で残酷であった。

その後、相撲協会は、これを禁止した。

舞の海に対する、シリコン注入法は、まず頭の皮膚の間に袋状のものを入れる手術から始まった。後から、その袋にシリコンを少しずつ注入した。

2ヶ月の間に、6、7回、注入した。

注入した直後は、注射器の穴からシリコンがジワジワと滲み出てきた。舞の海は、それを大変に痛がった。

指で、ちょっと押しただけでも、その痛さに、舞の海は飛び上がった。

3、4日、飯が喉を通らないことがあった。
頭皮がだんだん膨らんで浮いてくるため、栄養が行き届かず、髪の毛がバラバラと抜け落ちた。

「監督！」

「どうした？」

「禿《は》げて、丁髷《ちょんまげ》が結えなくなったら、どうしましょうか」

「あはははは……。丁髷を結えない力士になったら、どうする？　じゃ、注入を止めるか？」

「止めません、絶対に」

「止めた方がいいんじゃないか」

「相撲が、私の人生です。絶対に、諦めません」


舞の海は、信念を貫き通した。

2度目の検査日が近づいた。

舞の海は、気が気でなかった。

「頭の真上から測定すれば、173センチ以上になるが、盛り上がった頭の部分の脇から測定されれば、173センチ以下になってしまう。そうなれば、不合格である」

気を採《も》んだのは、舞の海ばかりではなかった。英壽は、検査が終わったら、直ぐに電話をするように言って、舞の海を送り出した。

舞の海は、電話機に飛びついた。

「監督、合格しました」

電話口の、舞の海の声は弾《はず》んでいた。

遂に、舞の海は、プロの道に進むことが出来たのである。


英壽は、類《たぐい》まれな精神力を有し、天性の相撲勘に恵まれた舞の海の資質に注目した。学生時代に残した全日本相撲選手権大会で、ベスト32の実績が認められ、幕下付出の資格を取得した。そして、平成2年（1990）5月場所に、本名の「長尾」の四股名で初土俵を踏んだ。

番付階級と幕内序列は次のようであった。
番付階級は、幕内―十両―幕下―三段目―序二段―序ノ口
幕内序列は、横綱―大関―関脇―小結―前頭

十両に昇進すると、四股名を「舞の海」と改名した。その後は、多彩な技で大型力士を倒すその取り口から「技のデパート」「平成の牛若丸」と呼ばれて観衆から持て囃された。四十八手を駆使した舞の海の取り口は、観客を沸かせ、大相撲の人気をますます高めることとなった。

小結に昇進すると、通算で、5度の技能賞を獲得するまでに活躍した。

「負けるものか。きっとチャンスがある。隙を見て攻め入るだけだ」

小兵であっても、意地と根性と技と知恵をもってすれば、プロの世界では通用する。

「やる気に勝る天才なし」と、舞の海を見て、常々、英壽は感じ入っていた。

肝が据わっていて初めて、プロでは勝負ができる。舞の海は、英壽が育てた典型的なプロの根性を持った力士の一人であった。

ただ、いかなる天才にも、限界がある。不意打ちを食らうように、力士に災難が降りかかることがある。舞の海においても同様であった。

それは、平成8年（1996）7月場所においてであった。舞の海は、小錦との取組には勝ったが、その際に、体重差約200キロの小錦が舞の海の左膝へ倒れ込んだのである。

舞の海は、左膝内側側副靭帯《じんたい》損傷の大怪我を負ってしまった。同場所及び翌9月場所を休場する羽目となった。そのために、十両に陥落したのである。

平成9年（1997）5月場所に幕内復帰を果たしたものの、下位に甘んじることとなった。

平成10年（1998）3月場所を最後に十両へ再陥落してしまった。それでも十両で相撲を取り続けたものの、平成11年（1999）11月場所には、十両10枚目まで落ちていった。13日目の水戸泉戦で敗れた際に左足首靭帯を損傷、左ふくらはぎも肉離れを起こし、14日目を休場し、6勝8敗と窮地に追い込まれた。11月21日の千秋楽に無理を押して出場したが、若光翔に敗れて幕下陥落が濃厚となり、引退を決意し、現役生活に別れを告げた。

舞の海が残した実績は、日大相撲部と部員にとって、計りしれないものがあった。

舞の海のように、小兵であるからこそ、燃えるような執念と信念があれば、大海に船出して、夢の実現に向かうことができる。それこそが、男児一生の生甲斐であり、ロマンであると、英壽は感じた。

「前へ出ろ」

「下手な小細工をするな」

「チャンスを逃すな」

「タイミングを間違えるな」

舞の海は、絶えず自身と向き合ってきた。現実から逃げずに、自己と格闘することを恐れなかった。

小兵だからこそ、油断せず、自己の持てる可能性を思う存分に引き出すことが出来た。大男であっても、必ず弱点がある。その弱点を瞬時に読み取り、得意技を仕掛ければ、必ず勝機が訪れる。

舞の海にとって、相撲が全てである。相撲を通じて、自分自身を見つめたいと思った。自分自身を発揮しようと考えた。

それは、英壽が「自分を見習え」という信念で、弟子たちに胸を貸して、鍛え、覚えさせた教えでもあった。

舞の海は、英壽が教えた相撲の「勘」を会得していた。

舞の海は、ひたすら稽古に励んだ。稽古を通して、心に宿る「勘」を引き出しては身につけた。

海鵬 ―― 努力は実る　監督としての使命

「努力は実を結ぶ」

そんな選手を育てたいと、英壽は、常々、考えていた。

「鉄には熱しどき、叩きどきがある」

「人間にも、仕込みどきがある」

海鵬を見る度に、このことを痛感した。

海鵬は、英壽と同じ青森県出身である。中学、高校時代の海鵬は、地区では有名な相撲少年であった。

ところが、同じ学年に、海鵬より実績があり、前途有望視されていた相撲少年がいた。埒見恒《らちみひさし》であった。全国大会で優勝こそ逃したが、上位入賞した誇るべき実績を有していた。埒見と比較したら、海鵬は2番手、3番手という実力であった。

埒見と海鵬は、中学を卒業すると、一緒に鯵ヶ沢高校へ進学し、相撲を続けた。

2人が高校3年の時、鯵ヶ沢高校は団体戦で全国制覇を成し遂げた。

その時のキャプテンは、埒見であった。海鵬は、埒見に遠く及ばなかった。

早くから埒見の活躍を見てきた九重親方（元横綱千代の富士）は、埒見に入門を勧めた。

バリバリの九重親方から声をかけられた埒見は、高校を卒業すると、九重部屋に入門した。

プロの道を選んだ埒見とは異なり、海鵬は日本大学へ進学し、英壽のいる日本大学相撲部に入部した。

海鵬は、決して大柄な体格ではなかったが、真面目な性格をしていて、稽古には熱心であった。

「強くなりたい。強くなるんだ」

気迫が全身に満ちあふれ、英壽が黙っていても、コツコツと稽古に励むという人物であった。

海鵬は、日大在学中に、東日本学生相撲選手権をはじめ、13個のタイトルを獲得した。

選手が大成するかどうかは、

「言われなくても、努力する」

「やる気を持つ」

という点に収斂《しゅうれん》すると、英壽は考えた。

海鵬は、まさに、大成が期待出来る人材であった。

英壽は、海鵬が4年生になると、ためらわずにキャプテンに指名した。

日大を卒業すると、プロを目指した海鵬は、入間川部屋に入門した。

4年経って、幕下上位の埒見と幕下付出デビューの海鵬は、同じ土俵に立つこととなった。

同じ青森県出身で、同じ高校時代を過ごした2人の対戦に、周囲の関心が集まった。どちらが勝利し、どちらが相撲街道をひた走ることになるか。かつては味方どうしとして、今度は敵として、ライバルとして、2人は戦うこととなった。

「負けるもんか、今度は」

「努力の成果を……見せてやる」

海鵬が圧勝した。

その後も、2人の間の水は開く一方であった。海鵬は平成10年（1998）夏場所で入幕を果たし、平成13年（2001）九州場所には小結に昇進した。

努力が実を結び、番付をじわじわと上げて、幕下に定着するまでに成長した。

遥かに有望視された多くの力士の中で、海鵬は自ら努力を惜しまない力士として、英壽の記憶に残った。

海鵬は、「努力」という二文字の大事さを心に刻み、稽古の積み重ねの上に咲いた花であった。

英壽は、2人の力がどこで逆転したかを考えた。判断するのは難しいが、英壽なりの見方があった。

「プロに入るタイミング」

「入門の心構え」

「心身の鍛え方」

プロになるには、中学卒業後、高校卒業後、大学卒業後が一般的である。中卒でも高卒でも、横綱になれる可能性は十分にある。中卒であれば、15歳。高卒であれば、18歳である。心身は、まだ未熟である。

それに比べて、大卒は22歳である。人生のすいも甘いも、少なからず経験している。短い相撲人生を、いかに効率的に、かつ生きるかを真剣に考えている。現役で頑張れるのは、せいぜい、10年である。スポンサーもいなければ、後援者もいない。一から全てを、自分で切り盛りしなければならない。甘えは一切許されない。怪我でもすれば、その一切は自分の負担となりかねない。

大学時代には、厳しい監督の目が光っている。授業に出席しなければ、卒業が出来ない。

門限が厳しく、宿題やレポートの提出が待ち構えている。目の前には、色々な壁が立ちはだかっている。ウロウロしている暇はない。目の色を変えて、稽古に励むしかない。

「じゃ、大学を出てからプロになればいいじゃないか」

これは極論である。

英壽は、力士になるには、いつ入門すべきか。タイミングはいつがいいかなど、それぞれの力士の素質や個性をしっかりと見極める必要があると考えていた。

それが監督の力量であり、使命であると、英壽は考えていた。

4年間に、部員を指導教育する。この教育と指導の在り方こそ大事である。心身を鍛え、技を身につけさせ、根性を養わなければならない。

農家の人は手塩にかけて育てた、野菜や果物の収穫の時期を心得ている。一歩間違えば、野菜や果物は商品にならない。

部員の場合は、もっと微妙である。「心」という、目に見えない精神領域を、勘と経験で、監督は察知しなければならない。ストレスを抱えた部員に対しては、ストレスの原因を見極め、早急に対処する必要がある。優勝がかかった試合の前などは、緊張感で、心身が張りさけそうになる。部員をリラックスさせ、万全の態勢で試合に臨めるように、監督は心掛けるのである。

4年間という長いようで短い期間において、英壽は常に部員の心身の成長に気を配った。

「おい、彼奴の成長は凄いな」

「あんなに成長するとは思いませんでした」

「自信がついて、プロ行きを口にするようになりました」


監督は、力士の身体面や精神面を常に把握していなければならない。

力士自身も、自分の身体や精神についての知識を身につける必要がある。栄養についての知識も大事である。強い体を維持するには、バランスの取れた栄養を摂取することが欠かせないからだ。体力がなければ、相手を倒せない。自らが抱える精神的、肉体的弱点を克服し、万全の状態で試合に臨まなければならない。

部員は、ストレスの解消のためには、それぞれに心のケアをする素養をも身につけて、万全を図り、監督の目に止まり、試合に出して貰うチャンスを窺うのである。


英壽が育てた部員は、卒業後、日本全国に散らばり、学校や地方公務員になったりして活躍していた。

中には、プロで活躍し、その後は独立して自分の部屋を興している者もいた。入間川部屋（元関脇栃司）、追手風部屋（元前頭大翔山）、中立部屋（元小結両国）、田子ノ浦部屋（元前頭久島海）などである。

愛弟子たちに会うと、英壽は声をかけた。

「無理をさせるなよ」

「（怪我をしたり、病気の者には）ちゃんと手当てをしてやれよ」

「稽古をさせろよ」

かけるのは、この3つの言葉だけであった。

有望視されながら、無理をしすぎて潰れたり、怪我や病気で力士生命をフイにした者を多く見てきただけに、英壽は親の気持ちになって、かつての部員のことを心配した。

出会いを大事にする英壽は、部員の面倒は、生涯を懸けて見るものだと考えていた。合宿所は、「家」や「家族」という考えを持ち続けた。お盆や正月に、子供たちが生まれ故郷に帰るように、合宿所を「癒やしの場」にしたいと思った。

海鵬のことを思い出す度に、「相撲は人生のごとく」という感じを抱かされた。

コツコツと努力する者が、いつかは勝利する。決して諦めず、自分を信じて、絶えず自分を高めようとする努力は、必ず報われる。

相撲を心から愛する部員を育てたいという願いは、海鵬を通して実現したと、英壽は考えた。

智乃花——相撲に賭けた男のロマン

相撲は、ロマンである。

智乃花は、身長が175センチ、体重が117キロと小柄な体つきであったが、相撲の上手さや根性はピカいちであった。

「どうだ、思い切ってプロでやってみないか」

英壽は、智乃花が卒業を間近にした頃に、プロへの道を勧めた。

智乃花は、首を大きく振った。

「学校の教師になります」

「教師に！」

「はい。山口県の中学に、就職が決まりました」

智乃花は、自分を曲げなかった。

プロ入りを蹴飛ばした智乃花の気持ちが、何であるか想像できた。

英壽は、智乃花が身の上話をしたのを思い出した。

智乃花は、小さい時に、両親が離婚していた。そのために、叔父（父の弟）に引き取られて育った。

この叔父から、相撲のイロハを徹底的に仕込まれた。

「どうして、相撲を？」

「不良になってはいけないと思ったからでしょうね」

「………」

「離婚した親父も母親も、同じ町内に住んでいたんです。同じ町内にですよ……」

「顔を合わせることもあったんだな」

「はい」

「そうか、そうだったのか」

「まだ小さな子供ですよ、私は。……周りの仲間には、皆、両親がいて、ぬくぬくとした家族愛に包まれている。……でも私は」

「分かるよ、その気持ちは」

「オフクロが作った温かい味噌汁を、飲みてえと思ったことは数知れません」

「オレにも思い出がある」

「仲間と遊んでの帰り道、仲間と別れて一人、夕暮れの空を見上げて、そっと涙ぐんだこともありました」

智乃花は、愛に飢えていた。温かい家庭に、人一倍、憧れていた。

その智乃花に恋人が出来た。

「どうするんだ、これから」

「結婚します。温かい家庭を築きます」

「プロへの夢を捨ててもか……」

「卒業したら、一日でも早く、2人の愛の家庭を持つことが夢でした」

それは、将来を誓った恋人と、十分に話し合っての結論であった。

プロの世界では、体一つ、何の保証もない。それに比べて、公務員である学校の先生は、毎月、きちんきちんと給料が貰える。

「本当に、いいんだな！」

「…………」

英壽は、智乃花の顔を見た。キラリと光る何かを、英壽は見逃さなかった。しかし、それ以上のことは言わなかった。

智乃花の幸せを、英壽は祈った。

智乃花は、山口県に赴任した。そして、結婚式を挙げた。長男にも恵まれた。

夢見た通り、ささやかながらも愛情に満ちた家庭を手に入れ、いい先生、いい夫、いい父親ぶりを発揮している様子が、受け取った手紙の一言一句に感じられた。


智乃花という男のことが、しばしば英壽の脳裏を過ぎった。

智乃花は、小さい時から、相撲一筋に生きてきた。日大相撲部のキャプテンをも務めた男であった。すでに入門した先輩力士たちは角界で活躍していた。智乃花を育てた叔父の息子は、三保ケ関部屋に入門し、幕下西49枚目を最高に、平成10年（1998）に引退した成松であった。

智乃花は、就職しても、相撲を続けていた。

平成元年（1989）には、全日本相撲選手権大会で優勝し、アマチュア横綱に輝いていた。

日大の3年後輩である舞の海が入幕し、大活躍をしていた。

突然、智乃花から、電話がかかってきた。

「監督、どうしてもプロで勝負してみたいんです」

「何！」

「どこかいい部屋を紹介してくれませんか」

「今、何歳だっけ？」

「27歳です」

「もう1、2年、早けりゃ良かったのになあ」

「監督！」

「プロ入りは、諦めた方がいいんじゃないか」

英壽は、智乃花の年齢を考えて、断念するように説得した。27歳でのプロ入門はいくらなんでも遅すぎると考えていた。

確かに、体育の教員を務めながらアマチュア相撲で活躍していたが、智乃花が赴任した中学校や高等学校には、相撲部がなかった。この5年の間に、相撲の勘が萎《な》えているはずであった。気力だけでは、相撲は取れない。

話をしている間に、相撲復帰への本気度と、プロへの意識と気迫と根性が備わっていることを、英壽は感じた。

「分かった、分かった！」

「本当ですか、監督」

「奥さんやお義父《とう》さんは、どう言っているんだ。お前がその年齢で学校を辞めて、入門することに反対していないだろうな」

「はい、もちろん、反対していません」

「本当に、大丈夫か？」

「みんな、賛成しています」

明快な返事をする智乃花の声を聞いて、英壽はやみくもに反対することを止めた。そして、立浪部屋に入門する労を取ることを決意した。

立浪部屋には、大翔山、大翔鳳という気心の知れた日大の後輩たちがいる。後輩と競い合うことで、智乃花なら、男のロマンを花開かせることができるかもしれないと、英壽は期待した。

英壽は、智乃花の義父に会った。

「監督、何でプロに入れたんですか」

「ええ！　皆さんが賛成したと聞いていますが」

「とんでもないですよ」

お義父さんの怒りは、本物であった。相談すれば、猛反対されることは分かっていたので、智乃花は奥さんにも、奥さんの実家やお義父さんにも内緒にしていたのであった。

万事休すである。すでに智乃花の立浪部屋入門も決定し、話は順調に進んでいたのである。

英壽は、深々と頭を下げた。

「言いたいことは色々とあるでしょうが、こうなった以上、応援してやって下さい」

「…………」

「ラストチャンスです。男の夢が懸かっています」

「…………」

「男のロマンです」

「ロマンか、ラストチャンスか知らないが……妻子のことを、どう思っているんだろうな、あの男は」

「信じてやって下さい」

「信ずる？　大丈夫かなあ、あの年で」

「学生時代から見てきましたが、彼には力士の素質があります。根性、向上心、意欲、挑戦力……」

「少し、褒めすぎでしょう、それは」

「いや、期待出来ます。私は信じています。……見守ってやりましょう。相撲に懸けた異色の脱サラ人生を」

英壽は、再び、頭を深々と下げた。

英壽の脳裏には、学生時代の智乃花の姿が映った。苦労した男だけに、自分の人生を何とかしたいという執念が電話口からも感じ取れた。あの声は、必死であった。必ず期待に応えてくれると、英壽は思った。


世間の心配をよそに、智乃花は入門から4場所目で幕下優勝して十両に昇進し、9場所目で新入幕を果たした。平成5年（1993）11月場所の6日目に、綱取りの大関貴乃花と対戦した。貴乃花の激しい突っ張りを凌《しの》いだ智乃花は右下手を取るなり、低い姿勢から回転鋭い下手投げを打って貴乃花に土をつけた。初土俵以来、11場所連続して勝ち越し、12場所目の平成6年（1994）1月場所では小結に昇進した。

当時、舞の海と並んで、小兵の力士として、ブームを呼び、智乃花の取組を観戦しようと観客が押し寄せた。現役中の決まり手は、34種類もあり、技のデパートと言われた舞の海（33種類）より多かった。

27歳での初土俵は、最高齢であった。智乃花が見せる相撲の妙味と醍醐味は、テレビ観戦する老若男女を喜ばせた。

智乃花を知る観客の「先生！」「成松先生！」という愛称で叫ぶ声が、今でもよみがえるほどに、人気を博した。

強者どもの夢
——肥後ノ海、濱ノ嶋、琴光喜、高見盛、濵錦、追風海……

相撲は悲喜こもごも、小説よりも奇なり。人生劇場といっていい。

弘前実業高校時代に連続して2年も高校横綱に輝いた成田春樹の突然死は、同期の肥後《ひご》ノ海《うみ》と濱《はま》ノ嶋《しま》の2人にとって、運命を変えるほどの衝撃であった。それまで、2人は成田の陰に隠れて鳴かず飛ばずの状態であった。

2人が4年生になる前の3月に呼び出して、英壽は翌年度のキャプテンに肥後ノ海を、副キャプテンに濱ノ嶋を任命した。

「いいか、お前たちはプロを目指せ」

「………」

「どうした、その顔は。……自信がないのか？」

「はあ」

「大丈夫だ。これから1年、プロに入ったつもりで、一生懸命に努力してみろ。絶対になれるから」

英壽は、部員が最高学年になると、急に先輩面をして、稽古を怠けることを知っていた。それを心配した英壽は、２人を警戒したのである。

肥後ノ海は、英壽の期待に見事に応えた。この年の学生選手権で優勝して、学生横綱になったのである。この時点で、プロ入りの話が決定した。

問題は、濱ノ嶋であった。

濱ノ嶋の父親は、日大相撲部のＯＢで、熊本県や九州の相撲連盟の理事長や、日本相撲連盟の理事を務め、アマチュア相撲の普及と発展に尽力していた。

「息子はプロにはやらない。アマの道を歩かせる」

その強い信念は、梃子でも動かないほどであった。

ところが、濱ノ嶋は肥後ノ海がプロ入りを決めると、俄然《がぜん》、心がプロ入りに傾いた。中学時代から、肥後ノ海とずっと一緒であり、ライバル意識を持ち続けてきただけに、その決意は揺るぎないものとなっていた。見た目には、大人しいが、向こう気が強く、一度言い出したら、後には引かない性格であった。

猛反対する両親を強引に口説き落として、プロ入りに漕ぎつけたのである。

英壽は、2人を欲しいと懇願してきた三保ケ関親方（元大関増位山）に、お願いした。

肥後ノ海はたった3場所で、濱ノ嶋は6場所で小結に昇進した。

同僚の死を契機に、別人のように変貌した2人を見ると、相撲はドラマであると、英壽は感じた。

プロは一見すると華やかである。プロの世界はどこも同じで、悲喜こもごもとした話が多い世界である。

怪我をして、その後遺症に悩まされる話には、こと欠かない。英壽自身、大学4年間に7回も入院し、相撲を諦めかけた記憶が鮮明であったから、弟子たちの怪我や病気は人ごとではなかった。

ある力士は、十両に昇進したが、腰痛との壮絶な闘いを強いられた。

また、ある力士は、椎間板ヘルニアと診断され、手術以外に方策がないと告げられた。右膝の半月板や靭帯を痛めて休場に追い込まれ、幕下に逆戻りして、悶々とした日々を過ごす力士もいた。

体にメスを入れると、ただでは済まない。筋肉や神経を痛めるので、悪影響は避けられないのである。

連続休場していると、番付から滑り落ちてしまう。怪我を治すのには、十分な時間と休養が必要であるが、プロではなかなか思うようにいかない。

親方からすれば、力士の活躍によって、部屋の経営が成り立つわけだから、力士の出場を急ぎがちになる。

親方は、力士の起用に苦心する。力士の方も、親方の気持ちを察するあまりに、無理を承知で土俵に上がることになる。

完治していない傷は、再び、痛めやすい。どんどん悪化して、引退の憂き目に陥るのである。

「体に力が入らないのです。医者からは、今度、痛めたら普通の生活も出来なくなると言われました」

プロの悲劇は、アマの悲劇とは異なる。情け容赦がない試練が待ち構えているのである。

成田の死はショックだったが、毎年、春はやってくる。春になれば、目を輝かした新入部員が姿を現す。

英壽の心が、最も高鳴る瞬間である。

特に、思い出すのは、平成7年（1995）春の新入部員たちであった。

田宮啓司（後の琴光喜《ことみつき》）、加藤精彦（後の高見盛）、高濵竜郎（後の濵錦《はまにしき》）である。

メディアは、昭和51年（1976）生まれの彼らを「ゴーイチ組」と呼んだ。いわゆる日大の三羽烏《がらす》であった。

とりわけ、群を抜いていたのは、琴光喜であった。

高校2年の時、高校横綱のタイトルを勝ち得ていた。

琴光喜のどこが優秀かというと、「気遣い」であった。自分のことだけではなく、周囲に細かく目を配る性質であった。同輩や後輩の面倒を見ることは、相撲を取る上で不可欠であった。相手の動きを素早く読み、察知し、どう対応するかは、勝敗を決めるポイントに通じた。

英壽には、数百人の教え子がいたが、「手のかからない」ことでは、間違いなく琴光喜が一番であった。稽古でも、大学の授業でも、非の打ち所がなかった。

琴光喜は、2年連続してアマチュア横綱となり、合計で27個のアマタイトルを獲得した。英壽は、琴光喜を、躊躇なく、キャプテンに指名した。

「努力に勝る天才なし」という点からすれば、琴光喜は、まさに格言の似合う人であった。私生活といい、学業といい、欠点のない琴光喜にも、弱点があった。団体戦となると、責任感の強い琴光喜は、別人のように緊張した。

個人戦は、勝っても負けても、責任は個人に帰した。しかし、団体戦は違った。チームワークである。心身にかかるプレッシャーは、個人戦の比ではない。決勝戦で2勝2敗で迎えた大将戦に、琴光喜が対峙した。琴光喜は、あっけなく敗れ去った。優勝を逃し、日大は2位に甘んじることとなった。


プロに入ってからは、入幕して2場所目、実質は新入幕の場所で12勝して殊勲、敢闘、技能の三賞を総なめにした。次の場所では、関脇に昇進した。

平成13年（2001）の秋場所では、平幕優勝の栄冠を勝ち得たのである。

日大出身で優勝の賜杯を手にしたのは、輪島に次いで2人目であった。

後に、大関に昇進する琴光喜は、プレッシャーに弱いという弱点を徐々に克服して、相撲界を背負って立つ力士に成長したのである。

三羽烏の一人である高見盛は、実に真面目で、真摯に相撲に向き合った力士であった。すでに中学では中学横綱になり、高校では国体優勝、日大では4年生の時、全日本相撲選手権で優勝してアマチュア横綱になった。

その高見盛の得意技は、右差しである。

日大に入学した時、英壽は忠告した。

「どうしたら右を差せるか、よく研究しろ」

高見盛は、英壽の忠告を守り、卒業するまでの4年間、稽古場の隅に立っている鉄砲柱を相手に、毎日、右肩から当たって腕を返す練習を繰り返した。

高見盛の右肩に「こぶ」のように異様な肉が盛り上がっているのは、その証拠であった。

その高見盛は、稽古場では後輩や格下の選手に、転がされるのである。そんな高見盛がビッグタイトルを手中に収められたのは、「自分の型」を持っているからであった。集中力が凄く、ここ一発という勝負では、持ち味である技を仕掛けられるプロ向きの力士であった。

トントン拍子で幕内に上がりながら、膝の故障で幕下まで落ちたが、怪我と付き合いながら頑張り通して、再び幕内に戻ってきた。高見盛は、玄人《くろうと》肌の相撲取りであった。

英壽の脳裏に、三羽烏のもう一人である濵錦と、同郷の追風海《はやてうみ》のことが過ぎった。

濵錦もまた日大相撲部出身であった。２人とも、英壽の教え子であった。

濵錦が中学1年の時から、英壽は面倒を見てきた。

もって生まれた潜在能力は、ずば抜けていた。世界相撲選手権では、中量級で3年連続優勝をしていた。

濵錦の相撲は、品が良すぎるように思えて仕方がなかった。格好良く勝とうとする傾向があった。もっと泥臭く、なりふり構わず、必死になって、髪を振り乱して食いついて行く相撲が取れたら良いと、英壽は思っていた。

プロに入って、平幕から這い上がり、もっと上を目指すには歯を食いしばり、粘りに粘って、相手をピンチに追いやる迫力が必要であった。そうした気持ちが芽生えたら、濵錦の相撲は様変わりすると、英壽は期待していた。

やがて英壽の期待に応えた濵錦は、前頭に昇進したのである。

追風海のことは、郷里が近いこともあって、小学校の頃から知っていた。

毎年、日大相撲部は青森で合宿をやった。

「自分もやらせて下さい」

追風海は姿を現しては四股を踏んだり、すり足をしたりして練習に励んだ。

英壽は、相撲少年を見るのが楽しく、胸を貸したり、ちゃんこを食べさせたりした。

相撲は、正直言って、強くはなかった。体はモヤシみたいに細く、青森県大会では、良い成績を残せなかったが、中学を卒業する時、相撲を続けたいと言い出した。相撲に対する情熱は人一倍であった。

相談を受けた英壽は、教え子である埼玉栄高校の監督にお願いし、青森から埼玉に相撲留学させることとなった。

追風海は、埼玉栄高校でめきめき頭角を現し、団体で優勝を飾るに至った。

日大に進学してから、3年生の時、学生横綱の栄冠を手にして、誇りと自信を得た。

首の骨を折る大怪我をして、頭から当たれなくなるというハンデを負うが、それを克服し、努力の甲斐あって、追風海はプロでも活躍し、関脇に上り詰めたのである。


出会いは、ドラマである。

人間の評価は、長い人生を通じて行われるべきである。

これまでに、英壽は数百人の部員を預かった。教え子たちは、全国に散らばり、様々な場所で活躍していた。

懐かしさがよみがえってきた。志半ばで、不治の病気で倒れた者や、怪我で志を遂げられなかった者を思うと、哀惜の気持ちが湧いた。

しかし、教え子たちの多くは様々な試練を乗り越えて、人生に船出して、活躍していた。指折り数えても、限りがなかった。

教えることよりも、教えられることが多かったような気がした。

英壽は、教え子たちのことを、思い出す度に、相撲監督として生きてこられたことを、幸せであると感じた。

挫《くじ》けそうになった部員が、苦難を克服して、再起する姿は感動的であった。

勝利すれば、喜び、負ければ、涙を流して悔しがる。その時は、監督も部員も一緒である。一喜一憂して、また明日へと立ち向かう若者たちの眼差しには、神々《こうごう》しささえ感じられた。

敗れても、めげずに「挑戦」する気迫が、部員にはあった。挑戦という二文字を、大事にした。おそらく、生涯に亘《わた》って、部員は、心の糧として、忘れることはないと思われた。

助け合い、励まし合い、先輩が後輩の面倒を見る気風が、合宿所には育まれた。

怪我をしても、むしろそれを試練として「諦めない」精神こそ、プロの世界に入った力士たちは大切にした。

待っていては、勝利の女神は微笑まない。部員は自ら進んで、「工夫する」精神を身につけた。プロに入った力士に勝利が微笑んだのも、普段の稽古を怠らなかったからであった。

必死に、努力した者が報われた。

努力こそ、人生に不可欠であると、英壽は信じて疑わなかった。

神聖な「道」——相撲道

相撲は、相撲道である。古来から、神聖な「道」として発展してきた。米を主食とする日本人にとって、米の豊穣を祈る儀式に、相撲は欠かせなかった。

相撲は、神事でもある。だから、神社には、土俵があり、相撲が執り行われた。

英壽は、ふっと、考えた。

神社には、神主や禰宜《ねぎ》や巫女《みこ》がいる。あの厳粛さは、「美」の具現化ではないか。

相撲は、塩を撒いたり、四股を踏んだり、立ち合いをしたり、土俵の上は神聖な場所であり、厳粛な世界である。

相撲は、日本の伝統文化を最も象徴する、「美の形態《かたち》」である。

相撲が目指す極限は、「美」の様式である。

美しくなければ、観客に愛されない。

美しいから、観客から愛される。


教え子たちの、直向《ひたむ》きな稽古ぶりや、連帯感を大事にする気風に触れて、相撲の「深さ」を、英壽はしみじみと味わってきた。

相撲に出会えて幸せであると、心の底から、英壽は感謝した。

相撲に専念出来る自分を、幸福だと思った。

日本の伝統文化である、この「奥の深い」相撲を、世界へ発信したいと思うようになった。


「カタルシスっていう言葉は覚えておけよ。試験に出るぞ」

「カタルシス！」

大学には、教養講座があって、英壽は面白そうな科目を受講した。

カタルシスとは、アリストテレスという哲学者が、詩論の中で展開したギリシャ語の言葉であった。

「悲劇が観客の心に『恐れ』と『憐れみ』の感情を呼び起こすことで精神を浄化する効果がある」

カタルシスとは、簡単には、心を浄化して、不浄なものを祓《はら》うことであった。


「相撲はドラマだ。カタルシスだ」

「相撲は、悪魔祓いのショーだ」

日本は稲作文化である。豊作を願い、豊作を感謝し、田植え、収穫の時期には、村の彼処《かしこ》で祭りが催された。

害虫の発生を防ぎ、天候不順がないように、人々は祈った。

祭りは、神事である。……その儀式に、相撲が執り行われた。

農家の人たちは、自分たちの感情を、相撲に込めて、不浄を取り除こうとする。

大飢饉が襲った昔は、こうした神事が真剣に行われたはずであった。

農作物の豊作を祈って、人々は、相撲に感情移入した。不浄を祓う清めの儀式として、相撲は古来から継承されてきた。

相撲は真剣勝負である。勝ち負けがはっきりしている。真剣勝負であるから、大怪我をすることもある。力士は真剣に立ち向かい、情け容赦なく、相手に打ち勝とうとする。

観客は力士の華麗で、洗練された姿に感動する。

小兵が大男を負かす妙技と根性に感動して、惜しみない拍手を送る。

ここには、紛れもなく、魂《たましい》を浄化する効果がある。

逆に、横綱であっても、不躾《ぶしつけ》な作法と技で、勝利のみを勝ち取ろうとすると、観客は容赦なく罵声《ばせい》を浴びせる。

相撲は、神聖な神事であるからだ。

英壽は、「奥の深い相撲」に出会えて、しみじみ幸せだと思った。


今の上皇上皇后両陛下が、天皇の時に、学生相撲をご覧になったことがある。その際に、英壽は、天皇皇后両陛下に対して、相撲解説をするという大役を仰せつかったのである。

天皇は、毎年、お田植えと、その稲の刈り取りをする。天皇は稲作文化を象徴する重要な儀式を司《つかさど》った。

その天皇皇后両陛下が　相撲をご覧になったのである。

英壽は、当時の光景を思い出すと、胸が熱くなるのを抑えることが出来なかった。

第十話　相撲の国際戦略
――世界相撲選手権大会の開催に向けて

アマチュア相撲界のために、微力であるが、何か役に立てないかと考えていたら、日大を卒業して、6年目、27歳の時に、英壽は学生相撲連盟の常任理事に推薦された。

その7年後、34歳の時、今度は副理事長の要職に就任した。

思わぬ要職に就けたのは、32歳の時に、全日本相撲選手権に3度優勝し、朝日体育賞という身に余る栄誉に浴したからと、英壽は考えた。

アマチュア相撲界で、朝日体育賞を受賞するのは、英壽が初めてであった。他の受賞者の顔ぶれを見ると、柔道の山下泰裕など世界で活躍する顔ぶればかりであった。

「何としても、相撲を世界中に普及したい」

「オリンピック種目にしたい」

英壽の夢は、世界へ羽ばたくようになった。

もう一つ、英壽の心を揺さぶる強烈な出来事が起こった。

ブラジルは、日系移民が多く暮らし、相撲が盛んな国であった。毎年、全国から約５０
０人の子供や大人が集まり、３日間かけて相撲大会を開催した。

昭和58年（１９８３）の夏、ブラジル移民75周年の記念式典が開催された。

英壽は、日本から高校生を引き連れて参加することとなり、その役員に選ばれたのであった。

英壽の目に映ったのは、大勢の人が、「まわし」を締めて、懸命に相撲を取る姿であった。大歓声の中で、無心に、無我夢中で相撲に熱中する光景は驚きであった。

英壽が、ブラジルでの相撲事情を尋ねると、次の答えが返ってきた。

「選手の祖父母や両親は移民の２世や３世ですが、大会の参加者は年々増えています」

「相撲が盛んなのは、ブラジルだけではなく、隣のアルゼンチンや、パラグアイなどでも、相撲人口がどんどん増加しています」

それを聞いた時、英壽の脳裏に閃きが起こった。

「日本には、全日本素人相撲選手権がある」

「高校や大学時代に相撲を取った経験の全くない40歳以上の、素人が参加して日本一を決める大会である」

英壽は、思案した。

「やるしかない！」

「夢は実現するためにある」

「外国人も参加出来る国際相撲選手権大会に衣替えしよう」

この呼び掛けに応えて、ブラジルやハワイ、米軍の三沢基地、横須賀海兵隊など、8チームが名乗りを上げた。日本側も8チームの素人チームが加わり、合計で16チームによる団体戦や個人戦を行う大会となって盛り上がった。


困ったのは、運営資金である。

海外から、仕事を休んで参加する選手に、遠征費全額を負担せよとは言えない。旅費やホテル代金、食事代、大会運営費など莫大な費用が必要となる。

時代は、バブルのまっ最中であり、珍しさも手伝って、スポンサーを買って出てくれる企業があった。

しかし一転して、バブルが弾けると、今度は企業が次々とスポンサーを降りる羽目となった。

「これで、万事休すか」

国際相撲選手権大会に衣替えして、6年後のことであった。

英壽は、途方に暮れた。強行すれば、大赤字になる。役員一同は、詰め腹を切らされることになるかもしれない。

「覚悟が肝心である」

英壽ら関係者は、相撲を愛している。世界に相撲を広げる夢は、お題目じゃない。真に、日本の伝統の素晴らしさを世界に広めることが使命と感じている。

「時と場合によっては、腹をくくる必要がある」

英壽は、自分一人でも責任を取る覚悟を決めていた。

よし、そうと決まったら、大会の名称を、「国際」から「世界」に変えて、「世界相撲選手権大会」に変更しよう。

英壽は、早速、実行に移し、その総責任者の事務総長に就任した。

捨てる神あれば、拾う神あり。

スポンサーが出現したのである。日本船舶振興会の会長の笹川良一氏が名乗りを上げてくれた。

「相撲は日本の国技だ。よし、君たちが本気でやるなら協力しよう」

笹川氏は、向こう5年間に亘って、大会補助費を負担することを約束してくれたのである。

日本相撲協会の境川親方（元横綱佐田の山）が仲介してくれて、テレビ朝日が大会の放送をしてくれることになった。テレビで放送されれば、放映権料が入ってくる。

日本相撲協会が、会場の両国国技館を無料で提供してくれることになった。その他にも、まわしを寄付して貰ったり、色々な面での援助を受けたのである。


世界大会を開始するに当たって、日本の相撲をどう普及させるかであった。

手始めとして、定款を作り、相撲について謳った。

「日本の相撲をもって相撲とする」

世界には、様々な相撲があった。それは、日本の固有の相撲とは異なっていた。

韓国には韓国相撲が、モンゴルにはモンゴル相撲があり、世界各国に相撲に似た競技があった。

「直径15尺（約4メートル55センチ）の俵で囲った丸い土俵を使用して、体の一部が土に付くか、土俵の外に出れば負けという日本の相撲以外は相撲と認めません」と定款に明記した。

相撲を世界へ――英壽の狙い

観念的ではなく、具体的に日本の相撲を目と体で覚え、普及させることを目標とした。世界各国を飛び回り、現地で直接に教えることが得策と考えた。そして、模範を示して体感させる方法が一番、手っ取り早い方法であると判断した。

とは言え、マルコポーロがシルクロードを通って中国へ旅するように、またはコロンブスがアメリカ大陸発見の旅に船出するように、右も左も分からない。

在るのは、根性と情熱と、相撲を普及させたいという熱い使命感だけであった。

平成7年（1995）夏、英壽は、海鵬など教え子を引き連れて、エジプトを振り出しに、セネガル、ケニア、南アフリカなどと、1ヶ月かけて、アフリカ大陸縦断の相撲普及の旅に出かけた。

言語は違う、習慣は異なる。現地に相撲を広める組織もなかった。ぶっつけ本番、体当たりの行脚《あんぎや》であった。少しでも知り合いがあれば、それを頼りにした。

「隗《かい》より始めよ」

文字通りに、言い出した者から、率先して挑戦、実践するしかない。ことを始めるには、まず自分自身から範を垂れるべきである。

「まわし」を持参して、いざ出発である。

英壽は、見よう見まねで、現地の連盟や団体にお願いして、関心がありそうな人々に頼んでは、人々を集めて貰った。

そして、教え子たちに、人が集まれば、そこで相撲を取らせた。

相撲のルールは極めて簡単である。勝ち負けを、ジェスチャーを交えて説明すれば、現地の人は直ぐに納得した表情を示した。

まずは、デモンストレーションである。デモンストレーションを通じて、相撲を実演して見せることに、英壽は専念した。細かいルールを口で説明するよりも、まずは目に訴え、体に覚えさせる方法に徹した。

相撲に関心がある者が、次々と集まってきた。

腕に自信のありそうな者が、物珍しそうに、土俵に上がってきた。

「ほら、こっちが勝った」

「こうすれば、勝てるだろう」

英壽は、可能な限り、身振り手振りを交えて説明した。

「オレにも、取らせろ」と、声が上がるようになった。

持参した「まわし」を締めて、土俵に立たせた。そして相撲を取らせた。

教え子たちの所作を見て、誰もが真似たのである。

現地の人々は、実に面白そうに、愉快そうに四股を踏み、相撲を始めた。

文化や価値観も違うが、面白いと思えば、人間は関心を抱く。特に、アフリカ人特有の開けっぴろげで、明るい気質は、相撲という競技を大いに気に入ったようであった。

デモンストレーションであっても、英壽は手を抜くことはしなかった。相撲が面白いと思わせるだけではダメで、そこに奥深い日本文化と伝統への関心を引き出すようにしたかった。

異文化への関心が、日本文化への荘厳さや神秘さに高まれば、デモンストレーションは大成功である。

アフリカの人々は、教え子たちの真剣な取組に心を動かしていった。

異文化に共感して、相撲を通じて、日本文化の神秘性に興味を抱いてくれれば、厳しいアフリカの行脚も大成功と自画自賛できる。英壽は、見も知らない現地で仕組んだ興行の成功のカギは、現地の人々の心を摑むことにあると考え、懸命に取り組んだ。
実際に、日本に関心を寄せ始めた者は、真剣になって相撲に取り組んだ。

日本の高度な技術への関心は、すでにアフリカ人にあった。そのことが、日本の伝統文化に向かえば、新たな日本への視座が生まれる。英壽は、それを狙った。

腕に自信のある者が、教え子との相撲で負ければ、ムキになってかかってきた。小さな体の日本人に負けるはずがないと侮っていた者が、土俵の外に押し出されたり、転がされたりするのを知って、真剣な表情をして幾度も幾度も挑戦する者も出た。

小兵が大男を打ち負かす妙味を見て、土俵の周りに集まった人たちの中には、相撲という異文化に多大な関心を示す者が現れた。

相撲の醍醐味を見せる。これもアフリカにおける相撲行脚の目的であった。

高度な技術力だけでなく、相撲などの古武道への外国人の関心を深めることによって、日本の世界的な評価が高まると、英壽は強く感じた。

英壽は、アフリカの大地で、道なき道を踏み分け、かき分け、一生懸命になって、相撲の文化が根付くように願いつつ、文化の種を蒔いて歩いたのであった。

有り難いことに、アフリカに住んでいる日本人から、惜しみない援助や協力を頂いた。

未知の国での出会いは有り難いと、英壽は心に染みる感激に出会ったのである。

およそ1ヶ月という月日は、たちまち過ぎ去った。

帰国した英壽を待ち構えていたのは、「帰国してからが勝負」という現実的な諸問題であった。種を蒔いたら、水をやったり、肥料をやったりしなければ、芽は出ない、花は咲かない。

相撲を根付かせるには、現地へ指導員を派遣したり、相撲の知識も用具もない人々に、支援を行う必要がある。まわし一丁、持ち合わせていない人が多い。それを買うだけの経済的余裕もない人たちが多いのである。

「スポーツ施設を何とかして下さい」

「寄付をして頂けませんか」

「日本へ行く際の交通費を援助して下さい」

何から何まで面倒を見てやらなければならなかった。発展途上国の人々には、経済的な余裕はない。援助するとは、無料で助けるということを意味した。

一口で、普及と言ってもそこには自ずと資金の問題がつきまとう。まわし一つをとっても、自前で用意できる国は、ヨーロッパ、アメリカ、韓国や台湾などの国々に限られていた。

まわし一丁でも数万円はする。それが何丁、何百丁となると、途方もない資金を必要とした。支援や補助は、期限付きであるから、次々と打ち切りの連絡を受けた。まわし代だけでなく、大会の開催となれば、費用は諸々の名目で莫大となった。

連盟の予算は底をつき、肝心の世界相撲選手権を開催する夢は遠のくばかりであった。

英壽は、壁に突き当たった。

第十一話　学祖山田顕義の生き方に学ぶ

壁に突き当たった英壽を励ましたのは、学祖山田顕義先生の生涯と、その教えであり、生き方であった。日本大学に奉職してから、絶えず英壽自身の心の支えであり、目標であった。

卒業式、入学式、創立記念日などで必ず耳にする学祖の名前とその功績は、骨身に染みるほどであった。

現在、近代国家日本が存在しているのは、学祖が身を粉にして「民法」「商法」を編纂したお陰である。もし、民法と商法が編纂されていなければ、西洋列強は日本を近代国家と認めず、不平等条約の改正はおろか、西洋列強に伍する国威も持てなかったはずである。日本が近代国家の体裁を整えられたのは、まぎれもなく学祖のお陰であった。

英壽の心を捉えたのは、学祖が唱えた「和《わ》魂洋才《こんようさい》」の精神であった。

当時、多くの専門学校が産声を上げた。創設者は古い日本やアジアよりも、西洋の近代的な思想にかぶれた。無理からぬ話であり、法律もイギリス学派やドイツ学派やフランス学派が出て、学祖の主張と対立する傾向にあった。学祖は、技術は西洋近代のノウハウを受け入れるべきであるが、魂は日本古来の伝統と文化に根ざしたものを大事にすべきと唱えた。

学祖が創設した日本大学の前身である「日本法律学校」は、その精神を継承した。日本の慣習や風習を踏まえ、日本人らしい伝統と文化を重んじることを説き、国際社会で活躍する人材の育成を夢見た。

学祖が特に信頼を寄せたのは、フランス人で法律の専門家であるギュスターヴ・エミール・ボアソナードであった。ボアソナードはフランス法学派の一人であった（霞が関の法務省旧本館赤レンガ棟のフォトギャラリーに2人の写真が展示されている）。

学祖は自分の主張を曲げることなく議論を重ねて、日本の慣習と伝統を重んじた民法の編纂に勤しんだ。

特に、英壽が共感したのは、学祖が「ナポレオン」という詩で使用した「文武両道」の精神であった。

「文」とは教養を指し、自己の価値観や人生観を鍛えることであり、古典を学び、同時に目を世界へ向けるという、今で言うグローバルな視野の重要性を意味した。

「武」とは、日本の古武道を学び、心身を鍛えることを意味した。

学祖の恩師は、吉田松陰であった。

松陰の生き様も、学祖の生涯も、「義」と「和」を貫いたものであった。

紛れもなく、それは日本人の魂を意味した。

身を粉にして、日本の発展に尽くし、あまねく広く日本の伝統文化を世界に広める使命に燃えた精神であった。

英壽は、昭和44年（1969）経済学部経済学科を卒業し、日本大学に奉職して以来、とんとん拍子で出世した。
学内では、
平成8年（1996）10月1日　日本大学保健体育事務局　事務長
平成11年（1999）1月8日　日本大学保健体育局　次長
同　年　9月10日　学校法人日本大学　理事
平成12年（2000）4月1日　日本大学保健体育事務局　局長
平成13年（2001）6月27日　日本大学校友会事務局　局長

平成14年（2002）9月10日　学校法人日本大学　常務理事
同　年　12月4日　学校法人日本大学保健体育局　局長
平成17年（2005）7月5日　日本大学校友会　会長
平成20年（2008）9月10日　学校法人日本大学理事長　就任

外部役員では、
昭和50年（1975）4月1日　日本学生相撲連盟　常務理事
昭和58年（1983）4月1日　日本相撲連盟　常務理事
昭和60年（1985）4月1日　日本学生相撲連盟　理事長
平成元年（1989）9月26日　日本オリンピック委員会　評議員
平成7年（1995）4月1日　日本相撲連盟　専務理事
国際相撲連盟　事務総長
日本オリンピック委員会　理事
平成8年（1996）6月1日　日本武道館　評議員
平成9年（1997）4月1日　日本学生相撲連盟　副会長
平成14年（2002）12月　国際相撲連盟　会長

平成15年（２００３）４月１日　日本相撲連盟　副会長
平成17年（２００５）４月１日　日本オリンピック委員会　常務理事
平成18年（２００６）２月１日　日本学生相撲連盟　会長
平成25年（２０１３）６月28日　日本オリンピック委員会　副会長
平成29年（２０１７）７月４日　日本オリンピック委員会　名誉委員

英壽の決意――学祖は心の拠り所

英壽は、アフリカを行脚した折、山田顕義先生のことを思い出した。

学祖もまた明治４年（１８７１）、軍事制度調査のための兵部省理事官として、岩倉具視遣欧使節団に随行し、欧米列強を見聞する機会に恵まれた。欧米の近代的な軍事制度や技術や組織を学ぶ旅は、驚きの連続であった。

「どうしたら、日本は西洋列強に伍する軍事制度を整えることが可能か」

「何から、どう始めたらいいか」

手探りの状態であった。吉田松陰が開いた松下村塾での先輩であり、明治の三傑（英雄）の一人であった木戸孝允と、機会あるごとに街を散策しながら、思案し、語り合った。

行き着いた結論は、軍事を含めた近代技術を創造した背景に、教育があり、日本もまた人づくりこそ急務であるということであった。

もう一つは、フランス革命などで荒れた場所を見るに及び、平和の尊さに想いを巡らせたことであった。

平和な社会を作り出すには、国家や社会の枠を超えた、普遍的な「法律」がなくてはならない。法律の編纂こそ、政治家に課せられた大役であり、身を粉にして取り組むべき使命であると考えた。

ヨーロッパ各国を歴訪した経験が、後の「日本法律学校」へと結びつくことになるのである。

学祖は、ヨーロッパ滞在中に、博物館や、図書館や公園などの施設も訪れ、西洋人が都市造りに熱心であることを学んだ。

紛れもなく、ヨーロッパの町並みには、人々の自由闊達な創造力が生かされていた。文化や伝統を重んじる傾向は、博物館を訪れた際に見た様々な展示物を通して痛感した。

意識は変えなければならない。そのためには、人づくりが欠かせない。

英壽は、ヨーロッパを歴訪した学祖を通じて、色々なヒントを得た。

「スポーツも教育も同じである」

「国家建設も、社会づくりも根本は同じである」

「人づくりこそ、重要である」

理事長に就任してから、英壽は大学の組織や意識の改革に取り組んだ。50年、１００年先を見据えて、認定こども園、小学校、高校、学部を創設した。地方出身者の学生のための寮の建設にも着手した。

教育の目的は、人づくりである。旧態依然とした意識では、人づくりは不可能である。広く世界に目を向け、競い合う気持ちを養わなければ、時代から取り残されてしまう。過去に学びつつ、新しい時代をつくらなければならない。世界に目を向け、新たな人材を育成しなければ、大学は生き残れない。

「では、どうするか」

「何から始めるか」

英壽は、相撲部の監督になった頃を思い出した。

教え子に胸を貸し、汗を流すことが喜びであった頃を振り返った。

「自分を変えることだ」

「教育理念を立ち上げ、個性を磨くことだ」

「自由に発想させ、それぞれの想いを形にすることだ」

自ら率先して、取り組もうと、英壽は心に誓った。


「夢を実現するには、壁があって当然だ」

「それに怖じていたら、夢は実現出来ない」

そう考えた英壽は、相撲連盟の事務局長を引き受ける決意をした。


「当たるしかない」

「オレがやらなければ誰がやる」

「オレしかいない。オレが日本の古武道である相撲を世界に広めてやる」

信念を持って事に当たることが大事である。根性や情熱が大切である。先陣を切って、時に無茶であると思われるような状況でも、立ち向かわなければ、道は拓けない。努力は必ず報われる。そう信じて、英壽は突き進んだ。

研究も、経営も同じである。教育もビジネスも同じである。お互いに信頼がなければ、高まらない。高め合おうとする意欲がなければ、競争には打ち勝てない。高みを目指し、頑張り合うから、前進がある。敗北は、諦めた瞬間に訪れる。相撲を通じて英壽が、自ら経験したことであった。勝ち続けるには、自分を信じ、空気を読み、信念の赴くままに生きることが大事だと信じていた。


英壽は、民法や商法の研鑽《けんさん》に取りかかった山田顕義先生に、自分を重ねてみた。

「日本の存在感を世界に示すことだ」

「相撲の魅力を伝え、世界の人々に楽しんで貰いたい」

誰も取り組んだことのない試練を引き受けてこそ、新しい時代が拓けるはずだ。

英壽は、世界各国へ足を運んだ。

ヨーロッパで、相撲が普及し始めた頃、チェコでの土俵開きに、英壽は招待された。同じ夢を追いかける妻の優子も誘った。2人で、ヨーロッパにおける相撲の普及を直に、肌で感ずるためであった。

「苦労が実って良かったわね。嬉しいでしょう」

英壽は、無邪気な表情で、子供のような眼差しをして、チェコの文化と伝統に触れた。

「土俵開きに招待されるなんて、感無量だわね」

「ううん」

「相撲愛好家が、これで増えるわね、きっと」

「ああ、間違いないな」

「やり甲斐があるわね。頑張りましょう」

「後には引けない。前進あるのみだ」

「日本の伝統文化を世界に発信するって素晴らしいことだわ」

「力を合わせて、やるまでだ。……今までだって頑張ってきた」

夫唱婦随で夢を追いかける旅は、この上なく楽しいものであった。

妻の横顔に、満足感が漂うのを、英壽は見逃さなかった。

ヨーロッパ相撲連盟は、毎年、ヨーロッパ相撲選手権大会を開催した。

何と、平成８年（１９９６）から男子ばかりでなく、女子の選手権まで行われていた。

テレビ中継を通して、熱の入った試合が放映され、人々は熱心に観戦をした。


次第に、世界選手権のレベルが上がり、地区予選を勝ち抜かないと、本大会に出場出来ないまでになった。

英壽は、毎年、乏しい予算や人材をやり繰りしながら、多い年で40ヶ国に指導に出かけなければならなかった。使命感が意欲をかき立てた。

相撲を世界へ広めたいという信念を持った仲間の努力が功を奏して、相撲が根付いたり、根付きかけている国々は70ヶ国に上った。

平成8年（1996）、アフリカのナイジェリアから、オケケ・エメカ・ババ・ムタムという230キロもある青年が相撲留学をしてきた。

雑誌を読んで、来日を思いついたのであった。

「面白そうな競技なので、是非、自分もやってみたい」

国際相撲連盟に連絡をせず、一人でやって来たのである。相撲留学の第一号である。

英壽は、やる気十分で気迫に満ちているのを見て、日大相撲部の合宿所に預かることにした。8ヶ月の滞在後に帰国したが、同年暮れの世界相撲選手権には、再び選手として来日したのであった。何と、無差別級の個人戦に出場して、勝ち続け、3位に入賞した。

後に、ムタムはナイジェリアのスポーツ局、日本で言えば文部科学省の大臣になったのである。今では、ナイジェリアは世界相撲選手権の常連になっている。

英壽が、何とかしなければと痛感したのは言葉の問題であった。身振り手振りでは、真の相撲を伝えることは出来ない。

相撲の国際化が進み、世界大会が開催されれば、国際審判が必要となる。外国語に堪能な審判員の育成も急務である。

海外において、短期間に相撲を教えるだけでは、相撲は根付かない。上面《うわつら》の指導に終わり、古武道としての日本の伝統芸を定着させることは不可能である。

英壽は、仲間と一緒に、日本相撲協会に、願い出た。

「1年でも、2年でもいいから、引退する若い力士たちを派遣して貰えないだろうか」

海外協力隊の中に、相撲枠を認めて貰えれば、英壽たちの夢は叶うはずであった。

柔道は、長期、短期と色々に枠を持っており、成果を上げていた。

「全力を尽くそう」

「成せば成る」

英壽は、相撲の普及が日本の国際化に欠かせないと信じて疑わなかった。

第十二話　悲願 ―― 相撲をオリンピック種目に

夜明け前が一番暗い。

英壽の前に、課題が山積した。

「世界選手権でも、女子相撲をやるべきだ」

「相撲は男女を区別するのか」

「それじゃ、差別だ。男女平等の精神に反する」

この種の質問に、英壽は頭を抱えた。

「日本の常識は、必ずしも世界の常識ではない」

英壽は、改めて、日本が特殊な国柄であると自覚させられた。


かつて富士山は、他の霊山同様に、女人禁制であった。女人は穢《けが》れており、入峰すると山が荒れ、不作になるという伝承のためであった。

仏教でも、女性は差別されている。女性は修行しても仏になれない。女性は親・夫・子供に従うべきである。女性は男性に生まれ変わって、初めて成仏出来る。

英壽が、世界相撲選手権の運営責任者として、世界各地を訪れた際に、

「どうして女性は、土俵に上がれないのですか」

「オリンピックに、女性の差別は絶対に禁物ですよ」

相撲も、女性参加を受け入れなければ、世界の常識に反する。たとえ、相撲が日本の国技であっても、オリンピック種目にはなり得ないということに他ならなかった。

相撲だけ特別です、とはどう説明しても、納得を得られない話であった。

英壽は、返事につまった。

「女性を排除していません」

「検討中です。もうしばらくお待ち下さい」

相撲をオリンピック種目にというのは、アマチュア相撲関係者の悲願であった。柔道や空手と同じように、力士を晴れの舞台に立たせたかった。

この時、すでに、外国の相撲関係者たちの動きは、日本の相撲関係者よりも、熱意があ

り、真剣であった。

「世界選手権にも、女子を参加させろ」

ヨーロッパの相撲連盟の方々の声は、英壽にもぶつけられた。


英壽には、ジレンマがあった。

連盟には、資金もなければ、組織力もなかった。

日本相撲協会のお陰で、毎年のように海外での公演や巡業を実施したり、世界から若者を受け入れることが可能であった。

英壽たちの小さな努力では、限界に来ていた。

「早く何とかして、相撲を国際競技として立ち上げろ」

「相撲を男女同権のスポーツにしろ」

外からの圧力は、止まなかった。


英壽たちは全員がアマチュアであった。別に本職を持ち、相撲はあくまでも片手間であり、余技であった。泣き言を言うのは悲しいことであったが、困難は一朝一夕には解決出来ないことばかりであった。

「知恵を出せ」

「最後まで汗をかけ」

時には、気持ちが挫けそうになった。

その都度、相撲をオリンピック種目にという悲願の下、ひたすら、純粋な気持ちで連盟の人たちは頑張り抜いた。

次のオリンピックの開催地が北京市か大阪市かで争われた。相撲をオリンピック種目にと夢見た英壽らは、懸命になって働きかけた。

英壽は予測した。

「大阪市が2008年のオリンピック開催都市に立候補した時の話です。私もJOC委員の一人として奔走しました。……1996年にアメリカのアトランタ、2000年が南半球のシドニー（オーストラリア）と決まっています。機会均等ということを考えると、2008年はアジアの番です。……北京市は2000年開催を巡って立候補し、かなり有力視されていましたが、いろんな事情でシドニーに負けました。そのショックで2004年には立候補を見送りましたが、2008年を目指して、きな臭い動きを見せていたんです。もし北京市との対決となれば、大阪市の苦戦は目に見えていました。すでに日本は19

64年に東京オリンピックを経験していますが、中国はこれまで一度もやっていません。国際社会に向けて乗り出したところですし、これが北京市に有利に働くのは火を見るよりも明らかだったからです。ただ、中国もスネに傷はありますから、つけいる隙は十分あると思っていました。

と同時に、負けた時の後遺症も気になりました。このところ、日本はサッカーのワールドカップを除くと、いろんな大会の誘致で負け続けています。この2008年のあとはまたおそらくアメリカ、ヨーロッパの順でまわるでしょうから、再びアジアにチャンスが巡ってくるのは2020年あたりでしょう」

英壽は、オリンピック開催をめぐる情勢と、世界各国の熾烈な駆け引きを入念に分析した。

気の遠くなるようなオリンピック開催であるが、英壽は諦めなかった。

とにかく、頑張るんだ。知恵を絞って、初心を貫徹するんだ。

努力するしか、理想に火を点す方法はなかった。

「いい考えがある」

「ええ、どんな考えだ！」

「新相撲を始めないか」

「新相撲！」

英壽は、女子相撲の開催を、「新相撲」の導入に引っ掛けて、実現しようと目論んだ。

「大丈夫かね、それって」

「このまま、じっとしていては、壁は破れない」

「確かに、そうだけど」

「やるしかないだろう。オリンピックの誘致合戦は凄まじい。その争いに巻き込まれて、我々の夢を台無しにするわけにはいかない」

「…………」

「何度も言うように、我々がやらなくて誰がやる」

「その通りだが……」

「オリンピックの大舞台で、国技である相撲を正式種目とするまでは、頑張り抜こうよ」

「よし、分かった」

「ありがとう」

「新相撲に挑戦するか！」

「挑戦してみよう、新相撲に」

「壁が高ければ高いほど、やり甲斐がある」

「一致協力して、やるのみだ。相撲道の意地に賭けても」

英壽は、拳を強く握りしめた。


正式種目とするには、男も女も参加できるようにする。それ以外に、突破口はなかった。正式種目として認められるには、数に限りがある。従って、参加種目に認定されるには、説得力のある理由がなければならなかった。

危険であるとか、土俵は神聖であり、女子禁制であるなどという理由は通らなかった。ボクシングも、世界大会を開催し、広く認められ、その存在感をマスコミで取り上げられるようになっていた。

相撲だけが例外であるという訳にはいかなかった。


「昔から、おんな相撲が行われていましたね、確か。今でも行われていると聞きました」

「そうか。おんな相撲と言っても、子供の相撲だろう、それって」

「うら若い女性が、まわしを着けては、絶対にやりませんよ」

「外国人女性は、まわしを着けて相撲を取るだろうかね」

「絶対に無理ですよ。まわしを着けるなんて聞いただけで、びっくり仰天するだろうな、きっと」

「じゃ、どんなスタイルで、相撲を取って貰うかだ」

「…………」

英壽たちは、全国大会がある度に、相撲協会から東京の両国国技館の土俵を借りていた。たとえ、小学生の女の子でも土俵の上に上がるのはタブーであった。

「一体全体、どうすればいいんだ？」

「…………」

「土俵がなければ、相撲にならない。……絶対に、土俵は必要だ」

「男女別々の土俵を使ったらどうですか」

「男女別々の土俵なら……」

「小学校では、マット相撲をするそうです」

「マット相撲か！」

「これなら持ち運びは容易です。移動も簡単で、都合よく使えます」

英壽たちが、四苦八苦しながら、知恵を絞り、女子相撲ではなく、新相撲と命名した裏には、並々ならぬ苦労があった。

英壽たちの耳に、ある噂が入った。

「女に相撲を取らせるようなところに、神聖な国技館の土俵を貸すわけにゆかない。これから考え直さないといけない」

相撲協会の親方が息巻いている顔を想像した時、英壽たちの危機感は最高潮に達した。

「まわしは、どうします？」

「相撲に、まわしは欠かせないぞ」

投げを打つ時も、寄る時も、吊る時も、まわしを取らなければ技はかけられなかった。

「あんな硬いまわしをつけるかなあ」

「無理だろうな。まわしの着用と聞いただけで、逃げ出すんじゃないかな。外国の女性は」

英壽たちは、立ちはだかる難問に生き詰まって来た。

「考え方を切り替えよう」

「柔軟な発想をすることだ」

知恵は、思わぬところから湧いて来た。相撲を知らない素人が提案を寄せて来たのだ。

「相撲をファッショナブルなものにしたらいかがでしょうか」

「ファッショナブル？」

「体操選手も顔負けのファッショナブルなユニホームを着用したらどうでしょう。まわしアレルギーっていうやつは、締めていることが外から見えるところに発生します。パンツと一体化して、外からはわからないようにパンツの下に締めたらどうです？」

英壽たちは顔を見合わせた。相撲は土俵の砂と汗にまみれてやるもんだという固定観念が頭の中に染み込んでいた英壽たちにとって、青天の霹靂《へきれき》であった。

「面白そうだな」

「よし、やってみるか」

「不都合なことがあれば、どんどん改良すればいいんだ」

「そうだ。……よし、やろう」

早速、英壽は、新しいアイデアを実行に移すことにした。

女性特有の体質や体形に配慮し、突っ張りはダメとか、禁じ手も設けた。

平成8年（1996）、新相撲がスタートした。

すでに東京には、日本相撲連盟をはじめ、学生、国際、実業団の4つの本部が集まっていた。本部が1ヶ所に集中していれば、連絡は取りやすかった。しかし、少ない人数の中で、幾つも役員を兼ねる傾向は避けるべきだと考えた英壽は、本部を東京ではなく大阪に設置した。

運良く、大阪市でオリンピックが開催されるとなれば、大阪の堺市が相撲会場を引き受けてくれる強い空気があったことも、英壽たちが大阪に拘《こだわ》った理由であった。

連盟の運営が軌道に乗るまで、言い出しっぺの英壽は、初代理事長を引き受けた。

泥をかぶる覚悟も出来ていた。

問題は解決するどころか、次々と難問が、英壽の耳に飛び込んできた。

「どうしてマットの上で相撲を取るんですか？」

「私たちも、男の選手と同じようにまわしを着用したいです！」

「同じように、土俵に上がりたい？」

「もちろんです！」

英壽は、ビックリした。一生懸命に取り組んだことが、またもや非難の憂き目にあったのである。

「男女を区別するな」

「男女を平等に扱え」

オリンピックの精神を、突きつけられたのである。

平成13年（2001）に、青森県で、初めて男の世界相撲選手権と同時に、世界新相撲選手権を、開催した。

女性に、まわし着用（これまでのユニホーム使用も可）とし、マットではなく、土俵の使用を認めたのである。男女の同一会場開催が実現したのである。

「素晴らしい改革だ」

「やれば、出来るじゃないか」

英壽たちは、女性の選手の威勢の良さに圧倒されんばかりであった。溜飲が下がる思いに浸りながら、英壽たち一同は、運営に当たりながら、試合を観戦した。

「魅力的だな、女性のまわし姿も」

「輝いて見えましたね、彼女らは」

「誰の目にも、そう映ったんじゃないかな。……もっと早く気が付いていたらな」

「色々な意見に耳を傾けた結果だな、これは」

実は、まわし着用といっても、男と同じように、まわしを素肌に締めるのではなく、レオタードを着用し、その上から、まわしを締めた。

レオタードとは、バレリーナや女子体操選手が着用する、身体に密着した上下続きの服装であった。レオタードの上に、まわしを締めて、女子選手は土俵に上がったのである。

まわしは、相撲に不可欠である。投げを打つ時も、寄り切る時も、吊る時も、まわしを取ることで、技が仕掛けられる。まわしがなければ、相撲は取れないと言っても過言ではなかった。

「まわしを締めた自分の姿を鏡に映して、外国人女性選手は、満足そうでした」

「ええ、本当か！」

「はい」

「それは良かったな」

「四股を踏んだり、立ち合いの稽古をしたり、相撲をかなり研究しています」

「やる気十分だな」

「おお、ビューティフル。おお、ベリーナイスと言ったら、喜んでくれました」

外国人女性は、相撲にまわしが必要であることを理解した。

四十八手の技を仕掛ける時、まわしをいかに取るかが勝負の分かれ目であった。

相撲の妙味は、技のかけ方で決まった。

まわしの締め方には、伝統があった。外国人女性たちも、まわしを締めた雄姿を、惚れ惚れした表情で見つめる姿が目についた。

彼女らの瞼に、錦絵に見る、まわしを締めた力士の絵姿が映っていた。

「ほっとしている場合じゃないぞ」

英壽たちは、安堵する自分を叱った。

試合を重ねる度に、色々な問題が発生した。問題の解決に、運営委員が一丸となって当たってくれた。

運営委員の気持ちを引き締めたのは、何としても相撲をオリンピック種目としたいという一念であった。

頭痛の種は消えなかった。

「海外へ指導者を送る費用をどうするか」

「大会運営費をどう捻出するか」

これらの課題に、英壽は頭を痛めた。

しかし、英壽たちの努力が徐々に、功を奏した。

嬉しい報告が、次々と入るようになった。

「相撲選手権大会に出場を希望する国が増えてきています」

「地道な努力が実ってきたということだな」

「世界へ向けて、公演や大会の宣伝を、もっと効果的に行ったらどうだろう」

「相撲を知って貰うことだ。……日本の素晴らしい伝統と文化を」

オリンピック委員の方々に、関心を持って貰うまで、頑張るしかないということで、英壽たちは、自らを奮い立たせた。


運営委員が頭を悩ませたのは、相撲の国際化を成し遂げるために直面する、内憂外患の様々な課題であった。

外国にあっては、発展途上国の選手を、どう支援するか、公演や国際大会をどう運営するかであった。いつまでも日本が中心となるのではなく、大会の運営や実施を海外の委員に委ねることが出来れば、もっと相撲の国際化が進むと思われた。

国内にあっては、プロとの調整が難しかった。

アマとプロの垣根をどうするか。

テニスもバスケットも、プロの選手が出場した。アマもプロも分け隔てなく参加するのが、オリンピックであった。

相撲においても、プロの力士が参加することが望ましい。そのためには、越えるべき課題が山のようにあった。

プロの力士は、髷《まげ》を結っている。大銀杏《おおいちょう》を結ったままで出場が可能か。審判員はどうするのか。行司はどうするのか。まわしの色はどうするのか。ルールづくりはどうするのか……次々と解決すべき課題が生じた。

国内ルールではなく、国際ルールが必要であり、誰の目から見ても、公平で平等であることが求められた。

「諦めないことだ」

「諦めたら、負けだ」

国際相撲連盟の委員は、お互いに叱咤激励し、相撲がオリンピック種目に採用されるまで努力することを誓い合った。

英壽は、日本相撲協会の協力を仰ぎながら、相撲の発展を期するには、共に認め合い、高め合うことが大事だと思った。

日本相撲協会は規模が大きかった。

1月場所は東京、3月場所は大阪、5月場所は東京、7月場所は名古屋、9月場所は東京、11月場所は福岡で開催された。本場所とは別に、全国各地に出張して、大相撲をまるごと観戦させる機会を提供した。相撲普及には大変に役だった。

巡業は力士にとっては、稽古の場であり、相撲ファン獲得の最前線に赴くことであった。

巡業には、春巡業、夏巡業、秋巡業、冬巡業があった。

巡業先での催し物として、力士には美声の持ち主が多く、相撲甚句《すもうじんく》を披露する者もあった。また初切《しょっきり》は人気があった。2人の力士が、コミカルに分かりやすく、相撲の技や禁じ手を見せ、観衆の笑いを誘った。櫓《やぐら》太鼓打分（寄せ太鼓、一番太鼓、はね太鼓）、を披露し、本番さながらの雰囲気を見せた。

巡業は相撲道の普及、地域の活性化、健全な青少年の育成を目的に行われた。

海外巡業や海外公演も行っていた。海外巡業は興行主が主催するイベントであった。海外公演は、外国から招待を受け、日本相撲協会が主催した。

海外巡業では、過去、平成25年（２０１３）のインドネシアでのジャカルタ巡業、平成20年（２００８）のモンゴル巡業などが行われた。海外公演では、平成17年（２００５）のアメリカでのラスベガス公演、平成16年（２００４）の中国での北京と上海公演などが行われた。

アマチュアの相撲とは比較にならぬほどに、日本相撲協会は規模が大きく、迫力があった。オリンピック開催となれば、関心の度合いが違うことを、英壽は知った。

すでに日本相撲協会は別な形で、オリンピックに参加していたのである。

平成10年（1998）2月に行われた長野冬季オリンピックの開会式で、横綱の曙《あけぼの》が土俵入りを披露したのである。力士たちが参加国のプラカードを持って選手たちを先導したりして、大きな話題となっていたのである。

英壽は、その時の光景を、感動して見守っていたのである。


無念な日のことも、英壽の脳裏をかすめた。

もう一歩のところで、夢が潰え去った日のことを、英壽は忘れなかった。

1998年の長野オリンピック前、長野市で開かれたIOC理事会で、国際相撲連盟はIOC承認団体になった。昇格予備軍として、一旦は認められたが、オリンピック大阪市開催の夢が潰え去ったことで取り消された。

英壽は、確信していた。

「いずれ、日本のどこかの都市が立候補すれば、再承認されるはずである」

相撲協会がしっかりと国内で根をはる。

英壽たちの相撲連盟が海外へ、相撲を普及させる。

「この両輪が上手く回れば、いつかきっと、相撲はオリンピック種目になる」

英壽たち運営委員は、「いつか必ず夢を実現するぞ」と、会う時には志を確認し合い、別れる時は夢に生きる気持ちを鼓舞し合った。

英壽は、自著を寄贈する時サインした言葉を思い出した。

「人事を尽くして天命を待つ」

第十三話　ＩＯＣが国際相撲連盟を正式承認

国際相撲連盟の会長室に電話が入った。

「会長、国際オリンピック委員会から電話です」

受話器を手にした秘書が、慌てた声で、会長室の電話に繋いだ。

「国際オリンピック委員会？」

「はい」

「ううん、何だろう？」

「最初、ＩＯＣの事務局の者だと言っていました」

英壽は、受話器を耳に当てた。

「もしもし、国際相撲連盟会長の田中英壽ですが……」

「国際オリンピック委員会の事務局の者ですが、今、事務局の責任者と代わります」

英壽の顔に緊張が走った。

相手の声は、落ち着いていた。

「おめでとう御座います。国際相撲連盟が国際オリンピック委員会から正式承認されました。ご苦労が実りましたね」

「ええ、本当ですか……」

「追って、正式に文書で通知をします」

「正式に承認されたんですね！」

「はい、満場一致で承認されました」

「満場一致で……承認された」

英壽の声は、うわずっていた。

思わず叫びそうになったが、英壽は秘書の顔を見て、自重した。

平成30年（２０１８）10月9日の国際オリンピック委員会ＩＯＣ総会において、国際相撲連盟は満場一致で、ＩＯＣ正式承認組織として認定されたのである。

紅潮した英壽の表情を見ていた秘書が、深々とお辞儀をして言った。

「おめでとう御座います。……やっと努力が実りましたね」

「ああ、最高の日だよ、今日は」

英壽は目を閉じた。

瞼に過去の思い出が去来した。

思い起こせば、昭和39年（1964）東京オリンピックの際に、新設された日本武道館で、日本武道のデモンストレーションが行われた。その式典に、高校生だった英壽は招待され、相撲を披露したのであった。

あの時の感動は今でも忘れない。そこには観戦する多くの外国人の姿があり、熱い視線と応援があった。

英壽は、相撲が世界に通用する競技であり、日本が誇る伝統であり文化であると強く実感した。

英壽は、相撲との縁が深まるにつれ、相撲の魅力に取り憑かれた。

相撲の素晴らしさを認識するにつれ、切ないほどに、世界に向けて相撲を発信したい意欲に駆られた。

その手始めとして、海外への相撲の普及活動を開始した。

英壽を喜ばせたのは、普及のために訪問した諸外国の人たちの、相撲に寄せる熱意と関心であった。

英壽は、その機運に乗じて、指導者の派遣を試みた。

平成４年（１９９２）９月２日に、25ヶ国の加盟国を以て、国際スポーツ組織として国際相撲連盟を設立した。

国際相撲連盟の目的は、
一．日本の相撲を広く海外へ普及すること
二．子供たちに相撲を介してオリンピックという一つの夢を与えること
三．男女の隔たりのない相撲を普及させること

国際相撲連盟の委員は、当時のＩＯＣのサマランチ会長に、相撲の素晴らしさを機会あるごとに説明し理解を求めた。その甲斐あって、平成10年（１９９８）にＩＯＣ暫定承認を得ることが出来た。こうした経緯を踏まえて、今回の正式承認に漕ぎつけたのである。


「早速、国際相撲連盟の委員の方々に、この吉報を報告しよう」

「はい、承知しました。至急、名簿を用意します」

「頼んだぞ。……至急、報告だ。……みんな、大喜びするぞ」

英壽は、秘書に命じた。

「先生、奥様にも電話をして下さい。心待ちにしていらっしゃるでしょうから」

「……後でいいよ」

「早速、電話を。……繋がりました」

そう言って、秘書は携帯電話を英壽に渡した。秘書は、優子への報告が一番だと考えていた。

「おお、優子か。嬉しいニュースだ。……国際オリンピック委員会から、国際相撲連盟が正式承認されたよ」

「まあ、本当に！」

「ああ、素晴らしい話だろう。たった今、電話があったんだ。……満場一致での承認だそうだ」

「……おめでとう。嬉しい報告ね」

「こんな感激は、久しぶりだ」

「苦労の甲斐があったわね。私も嬉しいわ、やっと認められたのね」

「これからが、正念場だ」

「そうね、これからだわね」

「頑張るぞ」

「安心している場合じゃないわ。……連盟の方々に、報告したの？」

「まだだ、これからだ。まずは優子に喜んで貰おうと、秘書が気を使ったんだ」

「じゃ、オリンピックの正式種目に向けた努力が、これから大事ね」

「その通りだよ。これからが本当の試練だ。今度こそ、負けられない」


国際相撲連盟を設立し、27年目にして念願の正式承認に漕ぎつけた。これも設立時より、関係者が一丸となった結果であった。

国際相撲連盟の委員が、次々と祝福に現れた。そして、口々に感動を伝え合った。

「やっと、念願が叶った」

「信じられない気持ちだな」

「努力の甲斐があった」

「諦めなくて良かった」

「一時はどうなるかと心配したけどな」

「30年も経ったんだな、あの日から」

「加盟している84ヶ国の念願が叶ったってことだ」

「長い道のりだったな、本当に」

「これからが、正念場だぞ」

「また、夢の実現に向けて頑張ろう」

「近い将来、オリンピックの正式種目になるよう、また挑戦だ」

「きっと、正式種目になる。努力するのみだ」

「やることが山ほどあるな」

「オリンピックの正式種目になるまで、諦めないぞ」

「とにかく、正式承認されたんだ」

「努力は、報われたな」

努力という言葉は、英壽が好んだ言葉だった。


「今日は、めでたい日だ、乾杯しよう」

一同は、ビールをつぎ合った。

「国際相撲連盟会長、一言、挨拶を」

英壽は、グラスを手に、前に進み出た。

おもむろに、英壽は話し始めた。

「今日のめでたい日があるのは、皆さんのお陰です。心から感謝します。皆さんと一緒に、決して諦めず、信念を持ってやり通した結果です。何があっても団結し、山があれば、また壁があれば、知恵を出し合い、汗を流して頑張りました。……あの熱いアフリカの大地、南米での感激、ヨーロッパでの歓迎、多くの人々との出会いに励まされ、今日という日を迎えました」

英壽の脳裏には、青森の大地が映った。一人、日本列島の最北端から出て来て、相撲一筋に頑張ってきた日々のことが思い出された。日本大学に入学し、多くの諸先輩に恵まれた。教え子や教職員に出会い、多くの感動を貰った。山田顕義先生の生き方に共鳴し、古田重二良先生のことを知り、自分なりに先人を超えようと努力した。何よりも、素晴らしい同僚に巡り会い、相撲道を通じて、日本の良き伝統と文化を世界へ発信する栄誉に立ち会えた。……これからが本当の試練だ、勝負だ。これからも頑張るぞと自分に言い聞かせた。

「新しい歴史を作るための一歩を踏み出す日です」

と結び、英壽は、多くの人に感謝して、深く頭を下げ、乾杯の杯を高らかに掲げた。

数日して、国際オリンピック委員会から、国際相撲連盟の田中英壽会長への祝福の言葉が届いた。

そこには、サイン入りで、トーマス・バッハ会長の挨拶文が記されていた。

第十四話　新たな旅路——帰郷

英壽は、妻の優子を伴って、故郷青森の津軽を訪れた。

2人だけの旅をしたいという優子の気持ちを汲んで、田中は少年時代を振り返る、のんびり旅を心から楽しもうとした。

東京から新青森まで、新幹線で約3時間半を要した。新青森から奥羽本線で川部駅に出て、そこで五能線に乗り換えると、岩木山を眺めながら津軽五所川原駅で1両列車の津軽鉄道の人となった。

2人は金木駅で電車を降りた。

「あなたは、ここで生まれたのね」

「ああ、ここだ。金木町で生まれ育った」

「東京へ出るのに、大変だったでしょう。当時は」

「早朝に家を出て、津軽五所川原へ。そして青森駅から列車に乗る。夜行列車は本当に疲れた。汽車に揺られて、上野駅へ行くだけでも、一昼夜かかったな。上野駅に着くと、顔が煤《すす》けて真っ黒になったよ、あの頃は」

「夢があったから、我慢が出来たんでしょう。若かったし。その頃は、出稼ぎなんかも当たり前だったんでしょう」

「東北の冬は厳しい。3、4ヶ月間は雪に閉ざされたから、出稼ぎに行くのは当たり前だった。同じ電車の中に、出稼ぎの人も乗っていたよ」

「今とは、全く違うのね」

「根性が違うさ。食って行くには闘わなきゃならない。生きて行くには耐えなきゃならない」

英壽は、しんみりとした声で言った。

「あなたが相撲で強いのも、この東北の自然や大地のお陰ね」

「負けるもんかという気持ちは、今でもある。当時は、人一倍あったよ」

優子は頷きながら、英壽を見た。

「この広い田は、田中家のものかしら」

「昔は、20町歩もあったらしい。この地域の豪農だったと聞いている。戦後の農地解放で、半分以下になったが、両親は懸命に働いて土地を増やしたそうだ」

「農業って大変でしょうね」と、優子は一面に広がる田を見渡しながら言った。

「この大地で、生きるには田を耕す以外にない。米を作って生きるしか方法がなかったんだ。家族は死にものぐるいで働いた」

「大事なのは家族ね」

「そう、……家族は大事だ。家族の絆がないと生きて行けない」

「あら、私のことは?……」

「優子がいたから、今がある。分かっているくせに……」

英壽の相撲人生は、優子と共にあった。生活の全ては、ちゃんこ屋を営む優子に負っていた。給料取りの月給では、大飯食《おおめし》らいの相撲部屋の力士たちを養うことはできなかった。

「分かっているわよ。……何かしら、次に大事なのは」

「故郷かな、……やっぱりこの津軽平野だな」

「津軽平野の、この風景は忘れられないんでしょうね」

「絶対に忘れられない。この風景の中に、父や母や、兄弟の面影が染みついている」

「あなたが津軽を懐かしむ気持ちが、改めて分かった気がするわ……」

「大地に根ざした人間は、大地と共に生きる。この気持ちは、故郷を離れても、消えることはない。特に、東北に生まれ育った私のような人間には、故郷や家族や大地は、全身を巡る血液みたいなものだ」

「血液？」

「そう、全身を巡る血液そのものだ」

「ここで身につけたものは、一生涯、消えることはないってことかしら？」

「根性も、ここで鍛えられた。……自然の厳しさが身に染みついている。ちょっとでも油断したら、全てを失う。妥協が許されないんだ。農業をするってことは、自然を学び、過去に習い、将来を予測して生きるってことだ。油断した時の、大自然の猛威は経験した者でないと分からない。冬の吹雪の凄まじさは、口では説明出来ない。道沿いに大きな柵のようなものが見えるだろう。猛吹雪を避けるために立てられたものだ。あれがないと、吹雪の日には歩けない。夜となれば、危険きわまりない……。命を落としかねないんだ」

「私には、想像出来ないわ」

「『岩木おろし』は凄かった」

「岩木おろし？」

「冬には、岩木山から寒風が吹き下りて来るんだ。あれは、防雪柵（あるいは雪柵）といって、あれがないと、風と雪が酷くて、車が走れないほどになるんだ。雪は空から降るんじゃなくて、大地を蹴散らすように、横から前後から吹きまくって、前方が見えなくなるんだ」

「そんな雪や風は見たことがないわ」

「地吹雪《じふぶき》となって、家々に襲いかかるんだ。今は、家の雨戸はサッシづくりで隙間風が入りにくいが、昔は隙間が多い家だから、家の中まで風や雪が入り込んだんだ」

「想像出来ないわ」

「……家族は身を寄せ合って生きてきた。あの高い板塀は、冬の地吹雪に備えて、立てられているんだ」

優子の目の前に、2、3メートルもある板塀が張り巡らされている家があった。

「祖父から父へ、父から子へ、そして孫へと受け継がれてきたんだ、この津軽平野の農業は」

「慣習や伝統ってことかしら？」

「次の世代に継承するってことが大事だな、特に農業は。一代で作り上げるってことは、難しいんじゃないかな」

「あなたは、3男だから、農業を受け継ぐ必要はなかったのね」

「父亡き後、長兄が受け継いだ。今じゃ兄の子供が受け継いで、一生懸命にやっている」

「東京へ出たあなたは、気楽だったでしょう？」

「何を言うか。……この津軽で、この大地で生きる人間と同じように、私は東京へ出てからも闘い続けた。津軽で生きるのと同じ気持ちで生き抜いてきた。津軽の大地を耕すように、東京でも、新たな大地を耕すつもりで生きてきた」

「甘えは許されなかったという意味かしら……」

「負けたら駄目なんだ。そのことを、この津軽が教えてくれた。父が教えてくれた。母も厳しかった。長男が家を受け継ぐんだから、お前は家を出て行け、そして闘え、負けるなって教えられたよ」

「まあ！」と、優子は改めて英壽の顔を見た。


「不思議だわ！」

「不思議？」

「この金木町で、太宰治も生まれたんでしょう」

「よく、行ったよ、太宰の生家へ。豪華で、凄い造りの家だ」

太宰治は、青森県下有数の大地主の6男として生まれた。金木の殿様と言われるほどの裕福な家庭で育ち、後に、小説家として、『津軽』『斜陽』『人間失格』を執筆し、その人気は今でも高かった。

「乱れた私生活だったんでしょう、太宰治は」と、優子はのどかな津軽の風景に目をやりながら、信じられないという表情をした。

「ああ、ところで津軽と言えば、津軽三味線が有名だ。一緒に聴いたことがあるだろう、随分、昔のことだが」

「ええ、民謡も有名でしょう?」

「演歌も……」

「どうしてかしら?」

「日本人の情《こころ》の風景になっているということだろう、この津軽は。厳しい冬が終わり、春先に咲くリンゴの花はそりゃ、奇麗だ。目が覚めるように咲き誇るぞ」

英壽が住む北津軽は米所であった。「ふじ」が生まれた藤崎駅あたりへ行くと、「リンゴのふるさと」という看板が目についた。リンゴ園が辺り一面に広がっていた。

「人生そのものね。苦労が沢山あるけど、やがて花となって咲き誇る」

「……………」

「苦労は、いつか報われる」

「……………」

「民謡や三味線の音色や歌声を通して、人々の情が紡がれたってわけね」

「……家族や村人が一緒になって、情を温め合ったんだ。それが津軽三味線であり、民謡であり、ねぷた祭となって、今に伝わっている」

「面白いわね……」と、改めて優子は津軽平野に目をやった。

「素晴らしいだろう！」

「あなたは、ここに生まれて幸せだったわね」

「ああ、幸せだ。家族に恵まれた。仲間に恵まれた。……豊かな伝統や自然に恵まれ、その中で育ったんだ」

「この津軽平野を駆けずり回って……」

「人々の情が、この大地に染み込んでいる」

「この大地から、あなたは生まれた」

「ああ、その通りだ。ほら、岩木山も見えるぞ」と、英壽は岩木山を指さした。

津軽平野の空気は澄んでいた。星が手に取るように見えた。

「あの星を見て」と、優子が無邪気な声を上げて、空を指さした。

「宵《よい》の明星だ」

「久しぶりだわ、宵の明星を眺めるなんて」

「子供の頃は、遊び疲れて帰宅する時に、よく見たけど、こうして眺める宵の明星がこんなに美しいとは知らなかった」

「お墓参りも済んだし、ご兄弟にも会えたし、気持ちの整理がついたでしょう」

今は亡き両親の面影が、英壽の瞼によみがえった。

在りし日の家族との思い出を、英壽は大事にしていた。懐かしい昔のことが、英壽の脳裏にはっきりと映った。

故郷のことは、英壽の心に染みていた。流れる雲ひとつにも、幼い日々が漂っていた。

英壽は、じっと目を凝らして、はるか彼方にそそり立つ岩木山を眺めた。

故郷は懐かしかった。有り難かった。吹き寄せる風、山、川、おぼろ雲、どれもこれも心を癒やした。

「よく、お前は口ずさんでくれたな、あの歌を……」

「津軽のふるさと？　美空ひばりが歌っていた」

「ああ、津軽のふるさと！」

優子は口ずさんだ。

りんごのふるさとは
北国の果て
うらうらと山肌に
抱かれて夢を見た
あの頃の想い出
ああ　今はいずこに
りんごのふるさとは
北国の果て
・・・
ああ　津軽の海よ山よ
いつの日もなつかし
津軽のふるさと

（昭和28年〈1953〉1月15日　美空ひばり　作詞・作曲　米山正夫）

英壽は、再び、宵の明星を見上げた。

宵の明星は、夕暮れる津軽平野を照らしていた。

「宵の明星は、神聖な神の声だと、昔、母から聞かされたよ」

「私はね、明けの明星は、神の声だと父から教わったことがあるわ」

宵の明星とは、金星のことで、一番星とも言われた。太陽や月の次に明るい星で、その明るさと美しさから、ローマ神話の女神ビーナスにたとえられ、我が国はもちろんのこと世界中で様々な逸話が作られた。夕方には、宵の明星として親しまれ、明け方には「明けの明星」として、縁起が良く、運勢が開けると信じられた。日没時の西の空に見ることができるのが宵の明星で、明け方の東の空に見えるのが明けの明星であった。


英壽と優子は、宵の明星を見上げた。

「希望を持って生きなさいってことかしら」

「夢を持って、その実現に努めろってことだろうな」

「私たちには、子供がいないから、これからは……」

「夢に生きるとするか、夢に」

「夢！……。そうね、夢の実現のために、生きましょうよ。教え子を育てるように、夢のために生きるの！」

「……また、一緒に頑張るとするか」

「日本大学の創立１３０周年が終わり、次の10年、50年、１００年に向かって……」

「うん、そうだな。一つのことが終わった。今度は……何とかして相撲をオリンピック種目として認めて貰い、出場出来るまでは頑張らないとな」

「ええ、頑張りましょう！」

「そのためには、やらなければならないことが山ほどある。……先生方や校友や関係者の協力を得て、日本の伝統と日本人の精神（文武両道）をあまねく広く世界に普及させたいな」

「あなたなら出来るわ。……日本大学の生徒や学生、先生方や校友の悲願でしょう、それって」

「日本の精神文化を世界に知らしめるのが、学祖の夢でもあった。誰かがやらなければいけない……。若い世代を育てて、私の夢を受け継いで貰いたいんだ」

「そうね。……あなたがやるのよ、先陣を切って。青森津軽の血を引き継いで生きるんでしょう、これから」

「おい、おい」

「違うかしら？」

「日本大学があっての、私だ。日本大学がなければ、今の私は存在しない。これからも、大学の名誉と誇りのために生きるつもりだ」

「その決意を新たにするために、故郷の津軽を訪れたんでしょう」

「ああ、その通り！」

「宵の明星が出迎えてくれた。良かったわね」

「ああ、良かった。幸運だったな」

「明日の朝、明けの明星を見ましょう。そして、祈りましょう」

「明けの明星を見て、帰るとするか。帰ったら、行動するのみだ」

と、英壽は優子の顔を見た。

宵の明星は、英壽の決意を照らすように、津軽平野に微笑みかけていた。

あとがき

感動は宝である。

平成14年（２００２）、田中英壽理事長から著書『土俵は円　人生は縁』（早稲田出版）を手渡された。本を手にした私は、一気に読み終えた。印象は強烈であった。

これはドラマである。人生劇である。このまま、絶版にするには勿体《もったい》ない。多くの読者にもっと読んで貰いたい。

教育者ばかりでなく、経営者にも薦めたい内容である。もちろん、夢と希望に燃える若者たちにも読んで貰い、苦難に満ちた人生を生き抜く知恵と根性を身につけて貰いたい。

よし、いつか小説にしよう。そして、もっと広く多くの読者に訴える内容にしようと、私は思った。

幾度も幾度も読み直した。そして、次の点を念頭に、仕上げたのが、この拙い小説である。

一．田中英壽の言葉を可能な限り残して、実話的な内容にする。
二．青年の成長物語とする。
三．日本の古武道である相撲の世界を、分かりやすく親しめるように記述する。
四．グローバル化時代における相撲を、世界の人にもっと知って貰える内容とする。
五．根性、意欲、挑戦、克己といった言葉は古い響きがするが、『土俵は円　人生は縁』に詰まっている英知と情念は、今の私たちに必要な志《こころ》であることを伝える。

田中英壽の生き様は実に日本人らしい精神に満ちている。「和」と「義」を重んじ、仲間を大事にして、相撲という日本の古武道をオリンピック種目にしようと試みた執念は、賞賛に値する。

仲間を大事にして、組織づくりと、人づくりに全力を尽くした過程での苦労は計りしれない。普通であれば、諦めるか挫折《ざせつ》するかである。しかし、諦めなかった。

「炎の男」と題名を付けたのは、そのためである。

人生は短い。人生は儚《はかな》い。その実感を抱きつつ、緊迫感を持って命を燃焼させた生き方は、古くは武士道に通じる気がする。

この本を書くに当たって、田中英壽が生まれた青森県金木町を訪れた。大地の匂いと空の蒼さを見るためであった。

ここで、根性が育った。負けん気が養われた。その実感を得ると、小説の執筆がはかどった。

拙い小説であることは、著者が一番よく知っている。何か伝えたい、残したいという一念が、形となったのが、この本である。

ご批判を頂きたい。

参考文献

1. 『写真で見る日本大学の１３０年』 日本大学企画広報部 ２０１９年10月
2. 「日本大学創立１３０周年記念」 スポーツ報知、デイリー、サンスポ、東京中日スポーツ、スポニチ、ニッカンのスポーツ6紙特別新聞
3. 松原太郎 『山田顕義と萩』 一般社団法人萩ものがたり ２０１９年4月
4. 田中英壽 『相撲　上達への道』 桐原書店 １９８１年6月
5. 田中英壽 『土俵は円　人生は縁』 早稲田出版 ２００２年6月
6. インターネット 日本大学「危機管理学部」「スポーツ科学部」のホームページ参照
7. ウィキペディア 参照
8. 佐藤三武朗 『日本巨人伝　山田顕義』 講談社 ２０１１年1月
9. 日本大学編 『古田重二良伝』 １９７６年10月

＊スポーツ日大の競技部34部の実績の概略は、左記の通りである。
相撲部は創部（1921年）以来、全日本学生相撲選手権（インカレ）団体戦で28度の優勝を飾った。82年から88年まで7連覇、93年から97年まで5連覇を果たした。

陸上部は創部（1921年）以来、インカレ優勝は21回、7連覇を飾った。

陸上競技部 特別長距離部門創部（1921年）以来、箱根駅伝には88回出場し、12回の優勝を誇った。

自転車部は創部（1951年）以来、インカレ総合優勝30連覇を含む52回の優勝を飾った。

ゴルフ部は創部（1960年）以来、13連覇、15連覇を含む出場54回中36回の優勝を成し遂げた。女子も出場35回中2度の連覇を含む12回の優勝を誇った。

野球部は創部（1925年）以来、東都大学野球連盟では23回の優勝、全日本選手権と明治神宮大会を合わせて3度の全国制覇を成し遂げた。

水泳部は創部（1927年）以来、日本学生選手権で37度の総合優勝を果たした。「フジヤマのトビウオ」として有名な古橋広之進さんは第2次世界大戦後の復興のシンボルであった。在学中に世界記録を連発した。

空手部は創部（１９３５年）以来、インカレ優勝６回を誇った。１９９０年、男女ともに全日本大学空手道選手権、東日本大学空手道選手権、関東大学空手道選手権の主要３大会を完全制覇した。

体操部は創部（１９５６年）以来、大学選手権で男子は２度の３連覇を含む９回、女子も１回の優勝を勝ち得た。遠藤幸雄、早田卓次、五十嵐久人などの金メダリストを含む五輪メダリストを輩出した。

レスリング部は創部（１９４０年）以来、全日本学生王座決定戦11回、内閣総理大臣杯日本大学選手権大会で７回、世界選手権では４人の優勝者を出した。

ボクシング部は創部（１９２８年）以来、全日本大学王座決定戦で72回のうち29回の優勝を誇った。

アメリカンフットボール部は創部（１９４０年）以来、全日本大学選手権（甲子園ボウル）で21回の優勝を飾った。

スキー部は創部（１９３０年）以来、インカレでは男女ともに13連覇、優勝回数は男子33回、女子32回を誇った。

ボート部は創部（１９０５年）以来、インカレ優勝26回を誇った。

重量挙部は創部（1961年）以来、全日本インカレ優勝19回を誇った。インカレ6連覇は史上初の快挙であった。

バスケットボール部は創部（1948年）以来、全日本選手権で12回の優勝を飾った。

射撃部は創部（1959年）以来、21度のインカレ総合優勝、2003年からの8連覇で学生連盟記録を樹立した。

ハンドボール部は創部（1977年）以来、インカレ優勝1回。日本のハンドボール界を牽引した。

ヨット部は創部（1937年）以来、インカレ優勝30回。五輪セーリングで日本人初となる銅メダル獲得をはじめ、多くの五輪選手を輩出した。

テニス部は創部（1951年）以来、全日本インカレ個人で優勝者18人、全日本インカレ団体で男子3回、女子4回の総合優勝を成し遂げた。

馬術部は創部（1924年）以来、全日本学生馬術三大会の3種目総合で8連覇、団体戦の優勝回数は学生馬術界トップの400を超える栄冠を手にした。

フェンシング部は創部（1948年）以来、男女合わせてインカレ団体優勝25回、全日本学生王座決定戦優勝33回を数えた。

剣道部は創部（1921年）以来、インカレ団体優勝2回、個人優勝2人を数えた。

弓道部は創部（１９３０年）以来、男女合わせて大学弓道界最多の１５９回の公式優勝を誇った。

バドミントン部は創部（１９５１年）以来、インカレ優勝7回、関東リーグ優勝20回を誇った。

男子柔道部は創部（１９１６年）以来、五輪、世界選手権、全日本選手権で多くの覇者を輩出し、インカレでは通算５度の優勝を飾った。

女子柔道部は、ソウル五輪銅メダリストの北田（旧姓持田）典子を誕生させた。

スケート部は創部（１９３９年）以来、インカレ総合優勝９回、部門別ではスピード31回、フィギュア21回の優勝を誇った。長野五輪では男子５００メートル金メダリストの清水宏保、バンクーバー五輪男子５００メートル銀メダルの長島圭一郎らの名選手を輩出した。

ラグビー部は創部（１９２８年）以来、関東大学リーグで2度の学生王者になった。

男子サッカー部は創部（１９２９年）以来、64年には全日本大学サッカー選手権を制覇した。

女子サッカー部は創部（２０１５年）以来、常に全力、常に挑戦、常に笑顔をモットーに頑張っている。

バレーボール部は創部（1931年）以来、全日本インカレ優勝を目指して健闘中である。

卓球部は創部（1926年）以来、インカレでは男子が団体で2度、女子が1度の優勝を獲得した。個人では男子が世界選手権のシングルで金メダルを2つ獲得した。

応援リーダー部は創部（2002年）以来、元気・勇気・笑顔をモットーに日本大学競技部の応援に活躍している。

（「日本大学創立130周年記念」スポーツ報知、デイリー、サンスポ、東京中日スポーツ、スポニチ、ニッカンのスポーツ6紙特別新聞参照）

装幀　石川直美（カメガイ デザイン オフィス）
カバーイラスト　Hybrid_Graphics/Shutterstock.com
DTP　美創
協力　株式会社ユニバーサル企画（黒川隆）
JASRAC 出 2009437-001

佐藤三武朗（さとう・さぶろう）

1944年、静岡県伊豆市（旧中伊豆町）生まれ。

日本大学文学部英文学科卒業、日本大学大学院文学研究科博士後期課程修了。国際関係学博士。日本大学総長代理・代行、国際関係学部長などを歴任。2013年、地域教育行政功労者として文部科学大臣賞受賞。現在、佐野日本大学短期大学学長、日本大学名誉教授。市民活動の活性化を目的とした「一般社団法人佐藤塾」（三島市）を設立、同代表理事。『天城恋うた』『天城　少年の夏』『修善寺ラプソディ』（以上、静岡新聞社）など、故郷・伊豆の歴史や風物を題材とした小説を多数発表。また、日本大学の学祖・山田顕義先生の生涯を描いた『日本巨人伝　山田顕義』（講談社）を出版し反響を呼ぶ。『吉田松陰最後の弟子　山田顕義』の出版・劇映画製作を目的に「一般社団法人山田顕義記念基金」を復活させ活動中。日本文学と西洋文学の比較などについて研究を進め、『Shakespeare's Influence on Shimazaki Toson』などの著書もある。

炎の男

田中英壽の相撲道

2020年12月10日　第1刷発行

著　者　佐藤三武朗
発行人　見城 徹
編集人　福島広司
編集者　鈴木恵美

発行所　株式会社 幻冬舎
〒151-0051　東京都渋谷区千駄ヶ谷4-9-7

電話　03(5411)6211(編集)
03(5411)6222(営業)
振替　00120-8-767643
印刷・製本所　株式会社 光邦

検印廃止

Printed in Japan
ISBN978-4-344-03731-1　C0095
幻冬舎ホームページアドレス　https://www.gentosha.co.jp/

この本に関するご意見・ご感想をメールでお寄せいただく場合は、
comment@gentosha.co.jpまで。